STÉPHANIE JANICOT

L'ÎLE DU DOCTEUR FAUST

roman

ALBIN MICHEL

À Véronique

« Puisque ces mystères nous dépassent,
feignons d'en être l'organisateur. »

Jean Cocteau

Jeunes, nous avions partagé nos doutes, nos espoirs, nos illusions, notre énergie, nos découragements, nos désirs, nos ambitions, nos envies de famille, d'amour et de reconnaissance. Cet âge insolent avait gommé nos différences, nos classes sociales, nous dansions sur les mêmes musiques, pestions contre les mêmes professeurs, levions les yeux vers les mêmes idoles.

Nos vies d'adultes nous avaient séparés. Nous étions parvenus à assurer notre confort ou nous avions échoué. Un sentiment d'accomplissement nous comblait d'aise ou nous accablait. Nous avions su aimer, nous avions été aimés ou bien nous n'avions pas su ou pas pu. Nos enfants étaient nos trésors, notre prolongement, notre bienveillance ou hélas nos rivaux, notre désolation ou notre désespoir. Cela avait fait de nous des êtres singuliers, tranquilles ou angoissés, aigris ou bienveillants, amers ou amoureux, pleins de regrets ou de projets, de santé ou de douleur, emplis de peur ou de sérénité. Cela nous serait compté lors de l'assaut final.

Car nous savions que nous redeviendrions ce que nous avions été, des individus presque identiques : flétris, ridés, douloureux, amoindris, mis à l'écart pour le léger dégoût que nous inspirerions. Nous avions chéri notre identité remarquable, nous haïssions la semblable désintégration qui nous attendait. À ce stade de notre vie, nous étions encore hésitants. Prêts à nous laisser abuser. Taraudés par cette unique question : *Aurons-nous le courage de devenir vieux ?*

Acte I

Retrouvons nos vingt ans

La nuit de Walpurgis

Avec la nuit est venue l'angoisse. Nous ne nous étions pas encore parlé. Tout juste « Bonjour » en arrivant, et puis plus rien, nous attendions. Nous nous doutions que nous allions au même endroit mais nous n'avions pas été présentées, une certaine gêne s'installait. Nous avions rendez-vous à six heures du soir, au bout de la jetée. Le message envoyé par SMS disait : « Le passeur viendra vous chercher lorsque le groupe sera au complet. » Ce qui ne signifiait rien, nous ignorions le nombre total des participantes.

À mon habitude, j'étais arrivée la première. J'avais passé la nuit dans un hôtel donnant sur un des ports de Douarnenez. Je m'étais levée tard, j'avais laissé ma valise à la réception pour être libre de marcher dans la ville. J'aime déambuler, m'asseoir à la terrasse des cafés, regarder passer les gens. Il faisait froid pour la saison, un 30 avril, j'avais dû m'installer à l'intérieur d'un bistrot pour déjeuner d'une cocotte de moules accompagnées de frites sèches. De ma table placée en face du bar, j'avais eu le loisir d'observer le ballet des habitués. Le ballon de vin blanc, rythmant les heures de la journée, pris en apéritif, au dessert, en guise de café ou au goûter. Le vent soufflait trop pour que j'envisage une nouvelle promenade. Je me sentais bien dans cette bulle de chaleur. Confusément, j'avais pensé : *Mon dernier jour d'une vie normale*, tout en m'interrogeant sur cette formulation. Il n'est pas rare que de curieuses phrases, surgies de nulle part, m'apparaissent a posteriori comme des alertes. De surcroît, je connaissais la symbolique de cette date choisie pour notre départ. Cette fête celte que l'on retrouve dans les pays nordiques ou germaniques la veille de la Sainte-Walpurge, autrement appelée nuit des sorcières. Pour autant, je n'avais pas songé à fuir. Tout ce qui allait suivre était inimaginable.

À l'extrémité de la Bretagne, le soleil se couche beaucoup plus tard qu'à Paris. Je ne m'étais pas inquiétée de l'heure de convocation. Une île en baie de Douarnenez ne pouvait se trouver bien loin du port. Je l'avais cherchée en vain sur Google Map, rien. Notre destination ne devait être qu'un rocher, tout juste assez grand pour y accrocher la clinique du docteur Faust, unique hôte de l'île de Tirnamban. Nous aurions bien le temps d'y parvenir avant que le soleil ne se couche. Mais le soleil sombrait désormais dans la mer et le ciel s'obscurcissait aussi vite que nous nous refroidissions. Le vent montait et les vagues venaient se fracasser contre la jetée.

Nous étions neuf. Neuf femmes arrivées une par une, la dernière avec près de trois quarts d'heure de retard, ce qui lui avait valu les regards courroucés de deux ou trois autres. Pour peu que nous en attendions une dixième, nous nous retrouverions en mer, dans la nuit, à la merci des intempéries et des hauts-fonds.

Comment notre passeur serait-il averti ? Peut-être étions-nous surveillées, dans ce port comme dans tout microcosme, quoique en cet instant la jetée soit pour ainsi dire déserte, hormis nous, neuf voyageuses incongrues. Pas un homme, un mari, un pêcheur, un artisan, un passant, un touriste.

« Ça fout les jetons », a dit l'une d'entre nous, pas très grande, bien en chair, le visage rond, avenant, encadré de cheveux courts et foncés. Elle se balançait d'un pied sur l'autre, pour lutter contre le froid ou la perplexité. C'était la première phrase prononcée par l'une d'entre nous, à l'exception des « Bonjour » ou « C'est bien ici pour Tirnamban ? ». Elle a dû ouvrir les vannes de la discussion car une autre femme, aux cheveux châtains ondulés, qui se serrait dans un imperméable beige, a commencé à geindre : « Ce n'est pas possible tout de même ! » L'église, au loin, a sonné ses huit coups. Deux heures de retard. Le visage de la femme à l'imperméable beige s'est teinté de colère, elle a levé un bras, sans doute pour désigner la mer, les vagues, la rocaille, le large incertain, la houle de plus en plus forte : « On ne va pas pouvoir partir ce soir ! » Cette remarque a déclenché un bruissement parmi nous, quel contretemps contrariant, il faudrait engager des frais supplémentaires, une chambre d'hôtel, un dîner, tout cela dans l'incertitude d'embarquer demain. Si ce séjour commençait de manière aussi approximative, peut-être était-ce le signe que tout se passerait mal, rien de ce qui avait été promis ne nous serait accordé, pas même le principal.

Alors que la petite brune sympathique proposait que nous allions dîner, ça nous réchaufferait, une silhouette s'est détachée, longue, décharnée, épaules voûtées, un chapeau à large bord, des bottes pointues, une longue cape. J'ai pensé à un personnage du *Seigneur des anneaux*, Gandalf, je crois. La râleuse a fait quelques pas dans sa direction, s'apprêtant à lui sauter dessus, réclamer des explications, pousser des cris de femme offensée. Il a ouvert les bras pour nous faire signe de le suivre, la cape lui donnait l'aspect d'une chauve-souris géante, les mots se sont étranglés dans la gorge de la plaignante et elle a, comme nous toutes, saisi sa valise à roulettes. Quelques mètres plus loin, en bas de la jetée, un vieux rafiot était chahuté par la mer, une de ces chaloupes de secours que l'on trouvait sur les paquebots du XIXe siècle. La femme à l'imperméable a porté les mains à sa bouche : « Non ! On ne va pas faire le voyage là-dedans ! » Elle exprimait ce que nous pensions toutes, la nuit, le vent, les rochers, la fragilité de l'embarcation. Elle a secoué la tête : « Non, vraiment, pas moi, j'ai payé pour vivre, pas pour mourir. » Elle a tourné les talons. Son imperméable beige s'est vite fondu dans la nuit, le bruit des roulettes de sa valise s'est perdu dans celui des vagues.

Nous n'en menions pas large. L'homme n'a pas fait un geste pour rattraper la démissionnaire. Il nous a seulement montré les escaliers en bois menant à la barque, c'était curieux, je n'avais pas remarqué leur présence lorsque j'avais arpenté ce promontoire en plein jour. Sans doute parce que je n'avais pas imaginé que nous puissions embarquer dans un endroit aussi malcommode. Nos regards n'osaient plus se croiser de peur d'un renoncement collectif. Il nous fallait résister, cette aventure, nous l'avions souhaitée. En romancière cherchant un sens à toute chose, je me persuadais que surmonter l'appréhension faisait partie du processus, une mise à l'épreuve destinée à donner du prix à ce qui adviendrait. En journaliste prudente, je m'interrogeais sur la nécessité de cette mise en danger de la vie d'autrui, à commencer par la mienne. Un reportage, aussi spectaculaire puisse-t-il être, valait-il que je prenne le risque de terminer mes jours au fond de la baie de Douarnenez ?

J'ai suivi la femme qui me précédait, plus par lâcheté – je n'ai jamais aimé les esclandres – que par détermination. Le passeur, arc-bouté entre la barque et le quai, tendait la main à chacune pour l'aider à prendre place. Lorsque mon tour est venu, j'ai levé les yeux sur son visage, un vrai visage avec des traits marqués, une peau ridée, un nez proéminent, une bouche fine, des yeux gris sans expression particulière. Seule certitude, à peine rassurante : cet homme n'était pas l'Ankou, ce personnage de l'imaginaire breton représentant la mort et dépourvu de face, même si sa silhouette y ressemblait fort. Nous étions huit désormais, réparties par deux sur quatre bancs de bois, pelotonnées dans nos vêtements inappropriés, nos valises serrées contre nous. Le passeur s'est installé à l'arrière, a tiré sur la cordelette pour faire démarrer le moteur et saisi la barre dès que le ronronnement est devenu régulier. Au moins la traversée ne se ferait-elle pas à la rame comme je commençais à le craindre. Une légère bruine gouttait sur nos visages, à moins que ce ne soient les embruns. Il faisait complètement nuit maintenant. La barque s'est détachée du continent. Je connaissais vaguement la topographie de la côte pour être parfois venue humer l'océan du haut du cap de la Chèvre. Il me semblait deviner l'île Tristan à bâbord. La lumière au loin pouvait être celle du phare de la Vieille ou de Tévennec, je ne m'y connaissais pas suffisamment. Je pouvais imaginer Notre-Dame des Naufragés nous narguer depuis la pointe du Raz.

Il était un phare que je connaissais mieux, à l'extrémité de l'île de Sein, celui d'Ar-Men, puisque sa réplique miniature trônait sur mon bureau depuis plus de trente ans. Il ne me semble pas que nous l'ayons dépassé. Nous nous tenions fermement agrippées à nos bancs, la proue de notre barque s'enfonçait dans les vagues. Après quelques minutes, nous étions toutes repliées sur nous-mêmes comme si notre concentration pouvait agir sur la sécurité de la traversée. Nous en perdions la notion du temps. Il nous paraissait interminable. Je n'avais pas emporté de montre, mon téléphone était au fond de mon sac. Lorsque nous sommes finalement parvenues à quai, transies, j'ai voulu regarder l'heure, mais ma batterie était à plat. Plus tard, lorsque nous parlerions de cette odyssée, j'apprendrais qu'aucune de nous n'avait pu évaluer sa durée, car tous les écrans étaient devenus noirs…

L'homme nous a aidées à débarquer, puis nous a remis nos bagages et abandonnées sur le quai avant de s'éloigner, happé par la nuit. Il n'avait pas prononcé un mot, rien de ce périple n'avait paru l'atteindre. Nous étions trop crispées pour nous perdre en paroles creuses, si bien que la silhouette qui s'avançait vers nous, précédée par une lanterne, nous a cueillies muettes et dociles.

Il s'agissait d'une femme jeune, la petite trentaine, une brune pimpante, le sourire large, les yeux noirs et vifs.

– Bonsoir, je suis Margo, l'assistante du docteur Faust. Bienvenue à Tirnamban. Vous devez être épuisées et affamées. Suivez-moi, je vais vous conduire à vos chambres. En passant, je vous montrerai le salon ainsi que la salle à manger où nous nous retrouverons tout à l'heure pour le dîner.

Le chemin était correctement tracé, nos valises roulaient sans mal. Au loin, nous apercevions une bâtisse d'une forme indéterminée dont les fenêtres étaient irrégulièrement éclairées. Je constaterais le lendemain, au grand jour, qu'elle avait la forme d'un H. Le bâtiment central, abritant le double séjour qui nous avait été mentionné ainsi que d'autres parties communes, était surmonté de deux étages. Les branches à l'avant accueillaient le cabinet du docteur, les salles de soins et de sport. Nos chambres se faisaient face, quatre par quatre, dans celles de l'arrière. Huit chambres. Plus tard, huit places autour de la table rectangulaire de la salle à manger. Comment nous serions-nous organisées si la femme à l'imperméable beige n'avait pas déclaré forfait à Douarnenez ?

– Une neuvième résidente ? s'est étonnée l'assistante du docteur Faust lorsque je m'en suis ouverte à elle. C'est impossible, notre capacité d'accueil est limitée à huit. Vous avez dû mal compter. Votre esprit en proie au doute aura imaginé cette personne pour s'offrir une échappatoire.

J'étais certaine de n'avoir pas créé ce double en fuite pour conjurer ma peur. J'en aurais confirmation par la suite puisque deux de mes camarades en avaient conservé le même souvenir. Si cette femme n'avait pas *réellement* existé, nous étions les victimes d'une hallucination collective.

La chambre qui m'avait été attribuée portait le numéro 8, mon chiffre préféré, et était située à l'extrémité du couloir. J'y ai vu un heureux présage car je disposais d'une fenêtre en plus, donnant sur la lande. De mon lit, je pourrais contempler la nature au petit matin et laisser fermés les rideaux de celle qui donnait sur les chambres d'en face. La décoration était soignée. Un ensemble qui aurait pu être rustique, poutres de bois et solives peintes du même blanc pur que les murs, avait été agrémenté de luminaires, tableaux abstraits, rideaux de couleurs vives (du violet au turquoise, du fuchsia au rose fluo), constituant un univers pop correspondant assez à mes goûts. Dans l'entrée un vaste placard, dans la chambre une bibliothèque, un bureau en corian. Outre le lit double pourvu d'une couette, un large fauteuil en cuir ivoire prolongé par un repose-pieds me proposait des heures de lecture sur un tapis aux motifs colorés. *Une véritable chambre d'écrivain*, ai-je pensé, en me demandant immédiatement si toutes étaient conçues sur ce modèle ou si chacune bénéficiait d'un aménagement spécifique en fonction de l'activité de son occupante.

La salle de bains attenante paraissait neuve, carrelage métro, noir et blanc, douche à l'italienne, meuble lavabo avec tiroirs, toilettes suspendues. Un peignoir éponge noir était accroché à une patère. Cette chambre, à mi-chemin entre la neutralité d'un hôtel et l'intimité d'un chez-soi, semblait m'attendre. J'aurais dû m'y sentir bien, je ne pouvais empêcher une certaine inquiétude de poindre face à une telle adéquation. J'aurais aimé ranger tout de suite mes affaires, prendre possession de l'espace, mais nous avions rendez-vous à la table d'hôtes.

Le couloir menant au bâtiment central, jalonné d'appliques murales ressemblant à des torches médiévales, jurait avec l'esprit de ma chambre. En plein jour, les fenêtres ouvertes sur la nature offraient sans doute un beau panorama. À cette heure-là, la noirceur des vitres associée aux simili-torches m'a rappelé une chanson que j'avais aimée adolescente. *Welcome to the Hotel California...*, dont la conclusion n'était pas de bon augure : *You can never leave.*

Un feu crépitant dans une cheminée imposante, un canapé en cuir, des fauteuils clubs, de grandes bibliothèques chargées de livres et de bibelots, sur le côté un piano à queue, sur le parquet de bois ciré un tapis de grande taille dans une de ces matières naturelles, coco ou sisal. Encore une autre ambiance, mais toujours cet entre-deux entre l'intime et le collectif. Le salon s'ouvrait sur la salle à manger, pourvue d'une table rectangulaire à huit places. Le docteur Faust et son assistante ne prendraient donc jamais leurs repas avec nous. À côté des assiettes, nos prénoms étaient inscrits sur des cartons. Ainsi l'intendance avait pris soin de faire un plan de table. En cherchant nos noms, nous prenions connaissance de celui des autres, Thaïs, Alexandra, Hélène, Katell, Laure, Isabella, Colette, Sydney. Des inconnues destinées à devenir familières.

Débarrassées de nos manteaux, blousons, gilets, nous avions repris forme humaine. Nous nous sommes assises en quasi-silence, attendant que l'une de nous prenne l'initiative. N'ayant jamais été de celles qui mènent la danse, j'ai été soulagée d'entendre la femme qui me faisait face se présenter enfin :

– Bonsoir, je suis Katell, je viens d'Ille-et-Vilaine, je suis cheffe d'entreprise.

Ses traits affaissés, ses cheveux gris attachés dans la nuque comme une queue de rat, sa voix rauque, ses gestes brusques évoquaient la grâce du pitbull. Je me sentais plutôt à l'aise avec ce genre de personne directe, rude, susceptible de prendre un groupe en charge. L'une comme l'autre avions été placées au milieu de la table. Je supposais que ce n'était pas fortuit, aussi ai-je enchaîné :

– Bonsoir, je suis Sydney, je viens de Paris, même si j'ai en partie grandi non loin de Rennes. Je suis journaliste.

J'ai tendance à taire mon travail de romancière qui suscite trop de questions, tandis que « journaliste » laisse généralement autour de moi un vide de commisération salutaire.

– Sydney, on aurait plutôt pensé à l'Australie, a fait remarquer la Pitbull.

– Oui, aussi, ai-je reconnu. Mon père était australien. Il a choisi mon prénom par nostalgie. Mais je ne connais pas l'Australie. Pas encore.

– Bonsoir, Sydney.

Ma voisine de droite était une rousse que, de loin, j'avais trouvée flamboyante. De près, je constatais que sa peau claire était flétrie, son menton empâté, ses paupières tombantes.

– Moi, c'est Thaïs, je suis comédienne, mais je ne joue plus depuis cinq ans. À mon âge, c'est la galère pour trouver des rôles.

Grâce à Thaïs, nous entrions dans le vif du sujet : notre présence en ces lieux. Pour ma part, j'avais été conviée par la clinique du docteur Faust en tant que journaliste. J'étais censée rentrer à Paris avec un bon reportage.

– Bonsoir, je m'appelle Hélène, je suis agrégée de lettres, professeure en khâgne à Bordeaux, enfin à la retraite depuis quelques mois.

Je reconnaissais dans ce ton de voix autoritaire tout ce qui m'avait terrorisée chez mes professeurs de lycée. Ces dernières années, en tant qu'écrivaine, il m'était arrivé de fréquenter quelques professeurs de lettres, lorsque j'étais invitée à parler de mon métier devant des classes de collégiens ou lycéens. Il s'agissait le plus souvent d'établissements peu favorisés, de classes réputées difficiles. J'y rencontrais des enseignants fatigués par le chahut, mais fourmillant d'idées et de bonne volonté pour réveiller leurs élèves. Nous nous entendions bien. Par chance, aucun professeur de classe préparatoire, doté de cette autorité à l'ancienne, ne s'était jamais trouvé sur mon chemin.

– Bonsoir, Hélène, a répondu notre tablée.

Les cheveux d'Hélène étaient secs, maigres, teintés, châtains à reflets auburn. Elle avait les lèvres pincées de celles qui ont été beaucoup contrariées. Glacée, comme une élève déjà prise en faute, j'ai fui son regard.

– Je suis Isabella, a enchaîné sa voisine au physique diamétralement opposé, blond platine, boursouflée par les injections en tout genre.

Elle gardait la bouche ouverte en un sourire forcé. Elle agitait ses mains aux ongles longs et rouges devant elle.

– J'ai été top model avant d'épouser Bernard Delecroix.

Je connaissais cet homme pour l'avoir croisé lors d'une réception à Paris, un homme d'affaires multimilliardaire. Son épouse n'avait pas eu la main légère côté chirurgie esthétique.

– Mon nom est Laure de Jarmon, a annoncé à son tour sa voisine. Je suis veuve, mon époux était colonel de l'armée de terre.

Un murmure désolé a parcouru l'assemblée. Veuve est un statut qui impose le respect. La colonelle était une femme de belle stature, port de tête distingué, maquillage discret, cheveux poivre et sel tirés en chignon.

– Moi, c'est Colette, a dit la femme ronde au visage sympathique qui avait exprimé sa peur avant de monter dans la barque. Je suis à la retraite, j'ai travaillé toute ma vie comme vendeuse aux Galeries Lafayette. J'ai trois enfants, cinq petits-enfants. J'adore m'occuper d'eux mais j'ai mal partout. J'espère que je ne traînerai plus la jambe lorsque je repartirai d'ici.

Les motivations de Colette avaient le mérite d'être claires.

Alexandra, peau sombre, cheveux crépus tirés en arrière, origine africaine ou caribéenne, s'est présentée la dernière :

– Je suis avocate dans un cabinet d'affaires international. Je ne sais pas pourquoi je vous dis ça, je suis en burn-out, je déteste mon métier.

À cet instant, une jeune fille aux longs cheveux bouclés est entrée dans la pièce. Elle portait un grand plat d'œufs à la florentine qu'elle a posé sur la table. C'était étrange de voir surgir la jeunesse dans notre cénacle de seniores. D'un geste provocateur, elle a repoussé sa crinière vers l'arrière.

– Je suis Hermione, la fille de Démétra, la cuisinière. Tous les produits viennent du jardin. Hébé et son gémeau, Narcisse, s'occupent des simples, du potager, des plantes aromatiques, mais aussi des poules et des brebis. Vous les verrez rarement en cuisine, mais certainement demain dans le parc. J'espère que l'entrée vous plaira. Pour suivre, vous aurez des aubergines à la parmesane. Celles qui souhaitent un dessert peuvent le demander maintenant.

Personne ne s'est manifesté. Nous étions trop peu intimes pour partager des plats sucrés. Nous nous donnions bonne contenance.

Alors que nous entamions notre dîner, la porte de la salle à manger s'est ouverte sur Margo, l'assistante du docteur Faust aux yeux noirs brillants.

– Je vois que vous trouvez vos marques sans difficulté. Si l'une d'entre vous a besoin de quelque chose, qu'elle n'hésite pas à m'en parler maintenant. À partir de demain matin, les réclamations pourront être faites à la réception. Dorian sera à votre disposition pour vous rendre le séjour agréable. Vous avez fait la connaissance d'Hermione, vous découvrirez le reste de l'équipe demain, Bastian qui s'occupe de la maintenance ainsi que les gémeaux, Narcisse et Hébé, en charge du jardin. Le docteur Faust vous recevra individuellement, de neuf heures à treize heures, puis de quatorze heures à dix-huit heures. Vous trouverez votre heure de rendez-vous sur l'écran situé dans votre chambre. Le petit déjeuner sera servi entre sept heures et demie et huit heures et demie. Je vous souhaite un bon dîner suivi d'une bonne nuit.

Sans attendre nos questions ni même notre « Bonsoir », la sémillante assistante du docteur Faust s'est éclipsée. Nous étions fatiguées par nos frayeurs de la traversée et la perspective de découvrir ce qui nous attendait. Nous avons terminé notre repas dans un quasi-silence. Les rares propos échangés concernaient la météo des jours à venir, beaucoup de vent et des ondées, selon Colette qui s'était renseignée. Cela n'avait guère d'importance, le beau temps pouvait se faire désirer, nous étions là, plantées sur cette île pour six mois.

Le bâtiment central avait l'aspect classique des malouinières, ces bâtisses larges et solides implantées principalement entre Rennes et Saint-Malo. J'avais grandi dans l'une d'elles, le plan m'en était familier. Les ailes avaient été ajoutées récemment dans un mélange hétéroclite de matériaux : pierre, bois, acier, verre.

Les pensionnaires n'ayant pas accès aux étages supérieurs, nous ignorerions jusqu'à la fin de notre séjour l'organisation exacte des appartements. Nous saurions seulement qu'y résidaient le docteur, son assistante, la cuisinière et sa fille. Bastian et Dorian vivaient dans la maison des gardiens, surplombant la falaise est. Les gémeaux se partageaient une cabane en bois en lisière de la propriété.

Nous avons regagné nos pénates en bon ordre, de toute évidence les habitudes nous viendraient vite. Dans mon aile se trouvaient la chambre de Katell, puis celle d'Alexandra, enfin celle de Thaïs jouxtant la mienne.

En fermant les rideaux, je me suis aperçue que la personne qui me faisait face, de l'autre côté du jardin, était Hélène, la professeure de lettres autoritaire. Je me suis demandé si la distribution des chambres avait été pensée et, dans ce cas, quel sens lui donner.

En retrouvant mon téléphone chargé, j'ai constaté l'absence de réseau. Il me faudrait attendre le matin pour réclamer le numéro de wifi, et me renseigner sur l'existence d'un fixe. Pour l'heure, je n'avais aucun moyen de me manifester auprès de mes proches. Cet isolement inhabituel avait quelque chose de déstabilisant. Il me fallait remonter à plusieurs décennies pour ressentir cette sensation d'éloignement, peut-être celle de ces colonies de vacances où, enfants, nous perdions pour quelques semaines le contact avec nos parents. Nous devions nous recréer un nouvel univers, à partir de repères très vite bricolés. Qu'est-ce qui, ici, me deviendrait familier ? L'irrégularité des poutres au-dessus de mon lit, le moelleux du tapis sous mes pieds, l'écran tactile posé sur le bureau – lequel venait de m'attribuer mon heure de consultation avec le docteur Faust dans la matinée –, les quelques ouvrages sur les étagères, une manière de rythmer la journée, les expressions sur les visages des autres curistes, tout cela sûrement et d'autres choses dont je n'avais pas encore idée.

Une première nuit dans un lieu inconnu comporte sa

cohorte de bruits à apprivoiser : au loin la mer qui vient mourir sur les rochers, le vent qui s'engouffre dans les feuilles des buissons, les cris des oiseaux de nuit ou peut-être des chauves-souris, quelques gargouillis de tuyauterie, la chasse d'eau de la voisine au milieu de la nuit, une chatte qui appelle son mâle, ma respiration que je tente de réguler. Au matin, une immense envie de rester au lit m'incitait à renoncer au petit déjeuner et, pourquoi pas, à tout ce séjour. N'était-il pas curieux que je me sois si facilement laissé appâter ?

Colette

La première à s'être portée candidate à la session de rajeunissement printemps-été du docteur Faust était Colette. Adepte des bonnes affaires, des concours surprises, des offres promotionnelles que la plupart des titulaires de messagerie électronique appelleraient des spams, Colette avait trouvé dans ses mails cet intitulé : « Concours, retrouvez vos vingt ans. » C'était tentant, quoique probablement exagéré, Colette n'était pas naïve, mais elle n'avait rien à perdre. Le message était succinct, il s'agissait d'une cure de six mois au terme de laquelle elle était censée retrouver les articulations de sa jeunesse, son énergie, sa santé. Il lui suffisait de cliquer sur « Je participe » pour tenter sa chance au tirage au sort. Colette souffrait depuis plus de vingt ans d'une de ces maladies auto-immunes inflammatoires, qui avait considérablement réduit sa mobilité et la réveillait au milieu de la nuit, pliée en deux par la douleur, incapable de se rendormir. Des années de médicaments pesaient sur son estomac. Lorsque son dos se calmait enfin, les brûlures digestives prenaient le relais. Une cure gratuite, c'était inespéré.

Elle avait divorcé depuis longtemps, élevé seule ses trois enfants, connu brièvement un nouvel amour à l'époque où son dernier fils avait eu son bac. Depuis, elle s'était organisé une vie indépendante, au service de ses cinq petits-enfants, de ses collègues du magasin (elle acceptait les horaires qui n'arrangeaient pas les autres) puis de l'association de bénévoles dont elle faisait partie depuis qu'elle avait pris sa retraite (elle se rendait trois fois par semaine dans un hôpital pour proposer des cours de maquillage et de coiffure de perruque à des malades du cancer). Elle n'était jamais vraiment esseulée, mais rien ne la retenait fermement au quotidien. Six mois seraient vite passés, elle n'en serait que plus efficace à son retour. Une semaine après avoir cliqué, Colette avait reçu avec joie le mail lui annonçant qu'elle avait été tirée au sort, départ le 30 avril.

Notre sympathique doyenne s'était vu attribuer le premier rendez-vous de la matinée. Émoustillée par notre aventure, elle s'est éclipsée à peine son unique tartine avalée. Sa grande peur de la veille s'était dissipée. Avec sa bouche gourmande, ses yeux pétillants, Colette était pourvue d'une bonne nature. Sa présence avait quelque chose d'immédiatement familier et rassurant.

Après son départ, nous nous sommes attardées en nous resservant du café à la table du petit déjeuner. Je me sentais décalée par rapport aux autres femmes car je n'étais pas venue pour suivre cette cure. Je craignais qu'elles ne me tiennent à l'écart si elles apprenaient trop vite la raison de ma présence. Par ailleurs, je ne croyais pas tellement au rajeunissement. Lorsque j'avais reçu le mail de l'attachée de presse vantant les mérites de la clinique du docteur Faust, j'avais failli le placer directement dans la corbeille. C'est le nom de Faust en objet qui m'avait intriguée. « Retrouver la vivacité intellectuelle de ses vingt ans, c'est possible », disait le communiqué de presse. S'ensuivait une proposition de cure de six mois sur une île bretonne. Je n'étais pas en charge de la rubrique santé mais livres, néanmoins le magazine pour lequel je travaillais était destiné aux seniors, que ce sujet pouvait intéresser.

Après le décès de ma mère, j'avais déjà annoncé à ma rédaction en chef qu'il était possible que je prenne une année sabbatique. J'avais atteint un âge très étrange que je n'avais pas prévu, qui m'était tombé dessus brutalement, un âge oscillant entre vacuité et liberté, un âge ressemblant à une page blanche. Tout au long de ma vie, je n'avais cessé de travailler, de m'activer, de me préoccuper d'autres que moi : de ma mère pour commencer, après la désertion de mon père reparti sans crier gare chez lui, en Australie ; de mon compagnon ; de ma fille, que j'avais eue jeune ; d'un nouveau compagnon ; puis, après quelques aventures non concluantes, de ma compagne. Les années avaient vite passé sans que l'occupation du temps pose la moindre question. Il fallait avancer, décider, ne pas penser. Autour de la cinquantaine, en peu de temps, le vide s'était fait autour de moi. Ma fille avait décidé de partir sur les traces de ma branche paternelle et s'était établie dans la ville dont je porte le nom. Elle y avait retrouvé de la famille, pas mon père, décédé depuis plus de vingt ans, mais ses deux fils aînés, mes demi-frères inconnus, ainsi que leurs enfants, au total cinq cousins et cousines qui avaient accueilli la petite *Frenchie* avec enthousiasme, l'avaient tout d'abord hébergée puis aidée à trouver du travail. Par la suite, elle avait rencontré un homme, l'avait épousé, était sur le point de mettre au monde des jumelles que je m'apprêtais à aller rencontrer lorsque ma mère, pourtant alerte, avait été terrassée par un AVC. J'avais dû annuler mon vol pour l'assister à l'hôpital. Lorsque au bout de quelques semaines sa situation était apparue si désespérée que seule une dose importante de morphine permettrait d'en sortir dignement, j'avais été ébranlée au-delà de ce que j'avais pu imaginer. Mes relations avec ma mère avaient été chaotiques mais très étroites et continues. Je m'attendais à ce qu'elle devienne centenaire et m'étais préparée à des années difficiles auprès d'elle. Cette disparition soudaine, au lieu de me soulager de ces angoisses, m'avait projetée dans un immense chagrin qui, en s'apaisant, faisait peu à peu place à un monde morose et flou dont le sens m'échappait. La frontière entre la vie et la mort s'était faite poreuse. Il est courant d'entendre dire qu'au décès du dernier de ses parents on éprouve l'effroi de se retrouver désormais en première ligne. Ce n'est pas cela qui m'agitait. Ma mort, je pouvais quasiment la palper, elle ne m'effrayait pas, elle était devenue réelle, aimable, presque salutaire. Ce qui me frappait en revanche, c'était l'écrasement du temps. Comme si toutes les années écoulées entre le départ de mon père, que je n'avais plus jamais revu, et le décès de ma mère n'avaient pas existé. Mes deux parents se rejoignaient dans la mort et dans ma mémoire. Entre leurs deux images si présentes, si lumineuses, si indissociables l'une de l'autre, je retrouvais l'enfant vulnérable que j'avais été. Je n'étais plus ni mère, ni épouse, ni employée, ni auteure, ni rien d'adulte. J'étais happée à mon corps défendant par cet immense chagrin d'enfant que l'écoulement des jours ne faisait que renforcer.

Je ne parvenais plus à me concentrer. Je luttais contre une incessante tentation de tout abandonner, ma maison, ma ville, mon travail, mes habitudes. Dépourvue du courage nécessaire à un véritable changement de vie, je l'avais laissée partir à vau-l'eau, sans doute dans l'espoir que les hasards choisissent à ma place. Je m'étais surprise à tromper la femme qui partageait ma vie depuis dix ans avec un comédien un peu connu, croisé lors d'une soirée d'avant-première. Elle aurait pu fermer les yeux sur cette aventure insipide, sachant que la mort de ma mère m'avait plongée dans cette spirale d'angoisse et d'addiction. Hélas, ma compagne était cinéaste et le bellâtre n'avait pas trouvé mieux que de se vanter partout de sa conquête. Plus que mon incartade, c'était l'humiliation dans son propre milieu qu'elle ne pouvait me pardonner. Du jour au lendemain, elle avait rassemblé ses affaires et déserté mon appartement. C'était sans doute ce que j'avais voulu provoquer. Ainsi, en un temps assez réduit, les trois personnes qui avaient rythmé mon quotidien, ma fille, ma mère, ma compagne, m'avaient-elles abandonnée dans une vie que je ne reconnaissais plus. Je vivais dans un monde flottant, peu familier, submergée par une mémoire qui n'était plus la mienne, mais celle de ma mère. Chaque jour, je me raccrochais à de nombreux détails pour l'empêcher de sombrer dans l'oubli : les films qu'elle avait aimés, les chansons, les opérettes que son père lui chantait, les souvenirs de la guerre, la fuite vers l'Espagne, les désirs qui l'avaient animée durant sa vie, même insignifiants, les babas au rhum, les photos de chats, les grands airs d'opéra. Je l'empêchais de disparaître tout à fait, mais j'étouffais sous cet afflux incessant. En conséquence, ma propre mémoire me fuyait. Ma propre existence s'effaçait. Je cherchais mes mots de plus en plus fréquemment, je m'exprimais avec de plus en plus de difficulté. Il m'aurait fallu consulter un neurologue, mais je redoutais trop le diagnostic. La mémoire était le sillon que je creusais depuis toujours, un thème commun à presque tous mes romans. La vie me punissait peut-être à travers ce qui m'était le plus précieux. Le slogan du docteur Faust, « Retrouver la vivacité intellectuelle de ses vingt ans, c'est possible », tombait comme un miracle dans mon chaos.

À tout hasard, j'avais répondu à l'auteur du communiqué que j'étais intéressée par le sujet, quoique sceptique et sans aucune certitude quant à une future publication. La réponse ne s'était pas fait attendre : « Venez toujours, vous verrez bien. » Six mois, c'était long, mais personne ne comptait plus vraiment sur moi, même si mon groupe d'amis demeurait solide et mes collègues chaleureux. Il n'était pas question que mon journal me rémunère pendant une si longue absence, alors j'avais demandé une demi-année sabbatique, proposé à une amie petitement logée de lui laisser mon appartement en échange du paiement des charges. Brusquement, mes perspectives s'éclaircissaient. Plutôt que d'aller encombrer ma fille et mon gendre en Australie, j'allais, pour la première fois, m'accorder du temps pour réfléchir, pour écrire quotidiennement. Mes moments d'écriture, je les avais volés aux obligations nombreuses auxquelles j'avais été perpétuellement soumise. Six mois de liberté absolue, cela relevait du fantasme, mais ils s'accordaient avec la page blanche qu'était devenue ma vie. De cette expérience, j'ai pensé qu'à défaut d'un article je pourrais toujours en faire un roman.

Tirnamban

Après le petit déjeuner, il me restait du temps avant ma consultation. Je me suis éloignée des curistes pour marcher dans l'île, par curiosité tout autant que par nécessité. La nature était sublime, de cela je n'étais pas surprise. Du côté de chez moi, dans les terres, la lande, au printemps, se teinte du mauve soutenu des bruyères, du jaune éclatant des ajoncs, d'une gamme de verts incomparable. La roche, rose pâle, descendait jusqu'à la mer d'une couleur turquoise inhabituelle. J'avais déjà constaté, l'été, autour de la presqu'île de Crozon, la grande douceur de l'océan, mais jamais je ne l'avais vu à ce point bleu, presque transparent, venant lécher des plages de sable blanc. Si je n'avais pas embarqué à Douarnenez, j'aurais été convaincue d'être arrivée sur une terre australe. Comment était-il possible qu'il existe une beauté si méconnue si proche des côtes ? En Bretagne, nous étions familiers des îles, Ouessant, Sein et Molène, plus ou moins escarpées, balayées par les vents ; plus en retrait, Groix, Belle-Île, les îlots du golfe du Morbihan, ou Houat, aux eaux si pures ; ou encore, au nord, Batz, Bréhat la belle. Mais aucune n'atteignait la perfection de Tirnamban. Sans doute parce qu'elle était minuscule. Il ne m'a pas été difficile de m'en rendre compte.

Le H formé par la clinique était entouré d'un parc parfaitement entretenu, d'un vert moquette éclatant. Au bord des allées, des fleurs d'un rouge profond, faussement sauvages, rivalisaient avec des bosquets de roses pompons douces et tendres. Un jeune garçon torse nu, assis fièrement sur un petit tracteur, promenait son broyeur en laissant sur la prairie de grands sillons horizontaux. Sans doute, Narcisse, l'un des gémeaux préposés au jardin. Ses boucles blondes, son profil parfait, son air de demi-dieu semblaient sortis de la mythologie. Il contournait avec soin les massifs de rhododendrons. Les magnolias perdaient leurs pétales blancs étalés en tapis sous les branches. La glycine mauve grimpait le long du bâtiment, semblant narguer le lilas. En lisière du parc se tenait une maisonnette en pierre rose sombre surmontée d'un toit d'ardoises derrière laquelle un chemin de terre traversait un champ sauvage parsemé de coquelicots. Ce genre de paysage que l'on trouvait au bord des routes au temps de mon enfance immortalisé aujourd'hui par les cartes postales. Au-delà de quelques bosquets, la lande puis, au-delà encore, l'infini de l'océan. En contrebas, un port de poupée avec une minuscule maison de pêcheur, un ponton en bois et une barque frêle. Je suis descendue avec précaution jusqu'au rivage. Sur le seuil du cabanon, une vieille dame au visage parcheminé, comme on n'en voit plus guère que sur les photos en noir et blanc du début du XXe siècle, était assise sur une chaise basse, fumant la pipe. Elle m'a fait un signe de la main. Je me suis arrêtée pour la saluer.

– Vous habitez ici ? ai-je demandé avec naïveté.

Elle s'est esclaffée en ouvrant grande sa bouche édentée :

– Où voudrais-tu que j'habite, mon petit ?

En haut, sur son tracteur, le petit prince, et maintenant, au bord de l'eau, la sorcière de *Hansel et Gretel*. J'éprouvais la sensation floue d'évoluer dans un décor factice.

– Je suis Sydney.

– Zoyad, a-t-elle répondu.

– C'est original, ai-je fait remarquer.

Je ne doutais pas qu'il y ait un sens à ces prénoms étranges dont les habitants de l'île étaient affublés. Je lui ai dit que j'étais arrivée la veille, elle a ri de nouveau. Bien sûr que notre arrivée ne lui avait pas échappé. Elle m'a souhaité un bon séjour. J'ai insisté sur la beauté de son île. Pour une raison étrange, nous sommes toujours fiers que soit apprécié le lieu dans lequel nous vivons bien que nous n'y soyons le plus souvent pour pas grand-chose. Elle a hoché la tête. Elle était flattée, naturellement.

Plus loin s'étendait la plage immaculée. Je craignais,

en m'y aventurant, de manquer mon rendez-vous. Les horaires m'ont toujours beaucoup angoissée. J'ai pris congé de la vieille pour remonter lentement vers la clinique du docteur Faust. J'aurais tout le temps de revenir.

Du plus haut point de la falaise, je pouvais presque embrasser la totalité de l'île. Malgré son charme, j'ai éprouvé la désagréable sensation d'être prise au piège. Cette liberté de temps à laquelle j'avais aspiré se fracassait sur le manque d'espace. J'ai ressenti quelques frissons en tentant de chasser mes mauvais pressentiments. Six mois seraient vite passés. En franchissant le portail, j'ai croisé Thaïs, la comédienne à la chevelure rousse.

– Tu connais la nouvelle ? m'a-t-elle lancé. Le docteur Faust est une femme.

Le docteur Faust

Margo m'a laissée devant la porte. Je l'ai regardée s'éloigner de son pas vif et déterminé. J'ai frappé par pure formalité et suis entrée sans attendre. Le cabinet du docteur Faust était charpenté de poutres massives à l'état brut. Deux épais tapis accentuaient son intimité tout en assombrissant l'espace. Dans une semi-pénombre, au fond de la pièce cathédrale, derrière une table en bois foncé, j'ai distingué une silhouette trapue qui s'est levée à mon entrée et a marché dans ma direction en tendant une main :

– Bienvenue à Tirnamban.

Ces mots, je les avais beaucoup entendus depuis la veille, ils me faisaient désormais l'effet d'un leitmotiv bien ancré, bien appris, mais sans substance. Je n'ai pu retenir un mouvement de surprise, non pas du fait que Faust était une femme, j'étais prévenue, mais parce que son aspect physique allait à l'encontre de ce que nous étions toutes venues chercher ici : la jeunesse. Sans que je puisse lui donner un âge précis, j'étais certaine qu'elle avait plus de soixante-cinq ans, soixante-dix peut-être. C'est-à-dire plus que nous, hormis Colette qui avait avoué au dîner avoir fêté ses soixante-neuf ans en janvier. Sa voix grave, éraillée, était celle d'une vieille fumeuse. Nous étions là pour retrouver nos vingt ans. Pourquoi la créatrice présumée de ce miracle n'avait-elle pas commencé par s'occuper d'elle-même ? Tout cela ressemblait à une vaste farce, comment avais-je pu me laisser duper par une publicité aussi invraisemblable ?

Le docteur m'a fait signe de m'asseoir tandis qu'elle contournait son bureau pour y reprendre siège.

– Je suis le docteur Johanna Georgia Faust, je viens d'Allemagne, je suis née près de la ville universitaire de Heidelberg.

– J'y suis allée une fois, ai-je dit machinalement.

– C'est pour cette raison que je vous situe mes origines, je sais que cela vous dira quelque chose. Cela étant, nous n'y étions pas à la même époque. Votre croisière sur le Rhin date de 1991. Je suis née en 1480.

J'ai levé les yeux, nettement cette fois, pour croiser son regard. Il était clair, franc, paisible. Je ne souhaitais pas m'arrêter à cette aberration. Dans mes romans, il m'était arrivé d'introduire des incohérences. Celle-là sentait la provocation. Plus que de sa prétendue date de naissance, j'étais inquiète de la manière dont cette femme avait eu connaissance de ma mini-croisière sur le Rhin quelques mois après la naissance de ma fille, trois petits jours de repos sur un bateau plat. Je les avais moi-même presque oubliés. Que savait-elle encore de ma vie ? Je me suis astreinte à ne pas relever cette intrusion de peur de me mettre en position de faiblesse. J'ai enchaîné, comme si tout cela était d'une grande banalité :

– 1480. Vous étiez un homme alors.

– J'ai toujours été une femme, a répondu Faust, après un petit rire. J'ai endossé des habits masculins pour étudier la médecine, l'alchimie, l'astrologie. Mais cela n'a jamais fait de moi un homme. Du reste, si je l'avais été, je n'aurais pas été tentée par le pacte que vous connaissez. À cette époque, les hommes jeunes n'étaient prisés ni par les femmes ni par la Faculté. Dès leur adolescence, ils n'aspiraient qu'à vieillir, tandis que les jeunes filles devenaient vieilles avant même de fêter leurs trente ans. Le crédit, le succès, tout cela n'était accordé qu'aux hommes mûrs. Vous comprenez, n'est-ce pas ? Aucun homme n'aurait vendu son âme en échange de la jeunesse.

– Suis-je donc ici pour vendre mon âme ? Seriez-vous le diable en personne ?

Elle a secoué la tête. Son sourire douloureux m'a paru authentique, ce qui, brusquement, m'a fait froid dans le dos.

– Je ne suis que Faust. Hélas, humaine.

– Bien qu'immortelle, de toute évidence.

Elle a secoué de nouveau la tête.

– Du tout. Je finirai par disparaître, fort heureusement.

Elle avait des cheveux blonds mi-longs coiffés sur le côté, une mâchoire carrée, des traits réguliers, rien qui suscite le désir, l'envie ou l'admiration. C'était une belle femme il est vrai, mais d'un âge avancé. J'avais fêté mes cinquante-trois ans l'été précédent, je me sentais loin de cette pesanteur. Je pouvais me considérer comme jeune encore, finalement. Peut-être était-ce l'enseignement de ce séjour. La perception du vieillissement est relative. L'âge du médecin suffisait à nous le rappeler.

– Donc vous n'êtes pas ici pour suivre la cure, a dit Faust d'un ton traînant en lisant des papiers sur son bureau.

– Non, j'ai été contactée comme journaliste, mais ainsi que je l'ai précisé dans ma réponse, je doute de pouvoir offrir à votre cure un reportage excédant une page ou deux, et encore, sans certitude qu'il passera. Je ne voudrais pas que vous vous attendiez à une publicité particulière de ma part.

– Je ne m'attends à rien et suis heureuse de vous accueillir comme témoin si vous désirez le rester. Toutefois, vous pouvez changer d'avis et décider de suivre la même voie que vos camarades.

– En échange de mon âme ?

– Comme vous y allez ! s'est-elle exclamée, amusée. Je n'ai nullement le pouvoir de prendre votre âme ni même d'exiger qu'elle soit remise à quiconque. Je me contente de mettre en œuvre mes compétences afin que chacune reparte avec ce qu'elle est venue chercher.

– Vous tenez à toutes le même discours ? Heidelberg, 1480 et tout ce qui s'ensuit ?

– Bien sûr que non. Très peu de personnes sont capables de l'entendre. La plupart de vos collègues font à peine le lien entre moi et la légende.

– Je suppose que la normalienne aura droit à la même entrée en matière que moi.

– Du tout. La normalienne, comme vous la nommez, est tout à fait rationnelle. Elle ne confond pas la littérature et la réalité. Cette introduction l'affolerait. Non, rassurez-vous, vous serez la seule à qui je parlerai de la sorte. Vous pouvez vous considérer comme privilégiée.

J'ai senti une pointe d'espièglerie visant à une complicité à laquelle je devais résister.

– Ou pas. Sans doute estimez-vous que mon imagination est capable d'absorber n'importe quelle fable.

– Je ne nie pas que cette situation est déroutante à première vue. Je suis certaine que vous vous y ferez très bien. Vous pouvez ne pas me croire, ça ne changera rien à la suite de votre séjour. Je serais toutefois surprise et déçue que vous ne vous rendiez pas à l'évidence. Bien entendu, d'ici quelques semaines, vous constaterez de vos propres yeux les métamorphoses de vos compagnes et devrez admettre qu'elles ne peuvent être le fruit de la seule médecine, fût-elle à la pointe de la recherche. Dès lors, vous vous interrogerez et finirez par convenir que quelque chose de ma personnalité vous a échappé. Vous aurez seulement perdu du temps. Nos tête-à-tête seront peu nombreux.

– Vous leur faites signer des contrats, à toutes ces femmes ?

– C'est un protocole normal pour toute entrée en clinique. Avec toutefois une clause particulière.

– Nous y voilà.

– Ce n'est pas ce que vous croyez. C'est une clause qui m'oblige moi et non vous, patientes. Je me lie à vous par une obligation de résultat.

– C'est risqué.

– En apparence. Vous pensez bien que si je garantis le résultat, c'est que je n'ai aucune crainte sur ce sujet. Vous hésitez, je le sais. Vous n'êtes pas obligée de vous décider aujourd'hui. Nous pouvons nous contenter d'évoquer ce qui vous a conduite parmi nous car il est bien entendu que votre seule curiosité d'auteure, ou de journaliste, ne saurait être une motivation suffisante pour vous écarter du monde une demi-année en compagnie de sexagénaires nostalgiques de leur jeunesse.

Elle avait raison. Mais je ne souhaitais pas lui dévoiler l'étendue de mes hésitations, mon état de flottement, mon incapacité à me projeter dans l'avenir, moi qui n'avais cessé, au cours de ma vie, d'anticiper, de calculer, d'envisager. J'ai préféré m'en tenir à une explication banale qui me rendrait moins vulnérable :

– Je suis moi aussi nostalgique de ma jeunesse. D'une

jeunesse symbolique, de ce pays, aujourd'hui perdu, qui portait le nom d'espoir.

– Peut-être portait-il également le nom de beauté, a suggéré Faust.

– La beauté n'est pas ce qui me tenait lorsque j'étais jeune, ai-je protesté. Au contraire, elle rendait mes relations difficiles avec les hommes comme avec les femmes. Les uns me considéraient comme une proie, les autres comme une rivale. Je ne regrette pas ces années. Je passe trop peu de temps devant un miroir pour me soucier de mon apparence.

– Vraiment ?

L'ironie du docteur Faust était plus que perceptible. Là encore, elle avait raison, je n'étais pas insensible à ma dégradation physique. J'ai tenté de m'en expliquer :

– Ce qui peut me choquer lorsque je me regarde sur les photos, ce ne sont pas les rides, plutôt une sorte de fermeture du visage. C'est lié au pays, je dirais même au continent perdu dont je parlais tout à l'heure, cet espoir dont nous regorgeons à vingt ans, qui nous projette vers l'avenir. Il se lit sur les visages jeunes, il est sourire sur des bouches gourmandes, éclat dans les yeux.

– Nombre de personnages âgées, voire très âgées, possèdent ce même éclat dans les yeux, cette même gourmandise sur les lèvres.

– Nombre non, quelques rares personnes, oui.

– Rares mais elles existent, a insisté Faust qui procédait de manière intelligente, sans chercher à me convaincre d'adhérer à son traitement, mais au contraire en avançant des arguments contraires.

– Je ne le nie pas, mais je ne suis pas de celles-là.

– Et vous voudriez l'être.

– Sans doute.

– À quel moment pensez-vous que la vie a basculé ? Retrouver vos vingt ans vous redonnerait-il l'espoir ?

– La vie n'a jamais basculé. Mon âme est noire depuis toujours. Le fait est qu'aujourd'hui elle se lit sur mon visage. Retourner en arrière n'y changerait rien. Sauf à vivre comme Dorian Gray, en enfermant avec soin le portrait qui vieillirait à ma place. Lorsque je parle de continent perdu, ce n'est pas seulement à l'espoir que cela renvoie, mais à l'innocence, à l'enfance.

– Ça s'appelle la nostalgie, a dit Faust.

– Je le sais bien. Je l'ai évoqué au début de notre conversation. Retrouver la jeunesse sur mon visage est un vain désir. Ce qui est perdu, l'enfance, les parents, la famille, les amis défunts, tout cela ne peut être retrouvé. Les parents surtout. Je ne l'avais pas mesuré. La disparition récente de ma mère a fait de ma mémoire une sorte d'île engloutie.

– Une île engloutie, a répété Faust, c'est intéressant.

Je n'ai pas relevé car, en cet instant, j'étais encore trop novice en ces lieux. C'est seulement en y repensant plus tard que je prendrais conscience du poids de mes mots. J'ai suivi le fil de ma pensée sans m'arrêter à ce détail :

– Ce n'est pas la jeunesse qu'il me faudrait appeler de mes vœux, mais un tempérament différent, une manière d'aller de l'avant.

– La fatigue, la lassitude sont des sensations liées à l'âge, a glissé Faust, perfide.

– Nous y voilà donc ! ai-je lancé.

Je l'avais prise en défaut, j'avais eu raison de penser qu'elle tenterait de me convaincre, ce petit triomphe m'a arraché un sourire.

– Il est vrai que sourire vous va bien, a relevé le docteur Faust.

C'était une séductrice. Je me suis demandé qui elle était, comment elle en était venue à endosser la personnalité du docteur Faust. Était-elle seulement médecin ? Sa clinique était pour le moins étrange. Après une pause, j'ai fait remarquer :

– C'est curieux qu'il n'y ait aucun réseau ici. Le jeune garçon à la réception n'a pas eu l'air embarrassé pour me dire que vous n'aviez même pas la wifi.

– Effectivement. Ces modes de communication sont récents. Nous nous en sommes passés durant des siècles. Vivre six mois sans ondes néfastes ne vous nuira pas, bien au contraire. Comme je l'ai déjà signifié à certaines de vos camarades, il suffit de transmettre vos messages importants au jeune homme de la réception, dont le prénom est Dorian. Nous nous chargerons de les faire parvenir à leurs destinataires. Soyez sans inquiétude, vous ne serez pas des disparues aux yeux de vos proches.

– Comment procédez-vous ?

– C'est notre organisation interne, a-t-elle répondu sur un ton qui n'appelait aucun commentaire.

Il était inutile d'insister. Nous étions coupées du monde. Prisonnières en quelque sorte. Si je devais ne pas entrer dans le processus de rajeunissement proposé par le docteur Faust, quelle pourrait être ma raison d'être coincée ici ? Je commençais à me reprocher mon inconséquence.

– Six mois sans obligations, six mois sans rien d'autre à faire qu'écrire, n'est-ce pas ce dont vous avez toujours rêvé ?

Elle répondait à mon interrogation muette comme si elle lisait dans mes pensées. J'étais partagée entre ma tentation d'expliquer rationnellement notre présence sur cette île et l'envie de croire à la nature diabolique du docteur Faust. Les légendes pouvaient-elles trouver leur ancrage dans le réel, finalement ?

J'ai pris congé de Faust sans qu'elle ait cherché à me faire signer le moindre contrat. Un sans-faute de sa part. Elle avait tout le temps de m'attirer dans son piège.

Thaïs

Thaïs m'attendait dans le petit salon. Nous étions les plus proches en âge, les plus jeunes, évoluant dans le milieu parisien de la création artistique même si nous n'y participions pas à la hauteur de ce que nous aurions souhaité. Cela faisait de nous des alliées naturelles. Au mitan de cette première journée, Thaïs était tout aussi perplexe que moi mais ses interrogations étaient d'une nature différente. Thaïs était une personne concrète, directe, une comédienne à l'américaine qui ne s'embarrassait pas de psychologie. Des faits, des actes. Elle avait été déçue et choquée par l'apparence physique du docteur Faust.

– Elle est ridée, empâtée. Elle a l'air d'avoir au moins soixante-dix ans. Pourquoi ne s'applique-t-elle pas le traitement qu'elle préconise ? Tu crois que ça marche vraiment ? Toutes ces promesses pour rajeunir, n'est-ce pas toujours une arnaque ?

– Tu as peur ?

– Bien sûr, pas toi ? a-t-elle rétorqué, surprise de ma question.

– Peur de quoi exactement ?

– Comment ça ? Eh bien, que ça ne marche pas !

– Et alors ? Ce ne serait pas si grave. Rien ne serait changé. Ce n'est pas cela la peur. La peur vient quand on pense qu'une situation peut empirer. Avec ces histoires de rajeunissement, il peut arriver toutes sortes de soucis. J'ai essayé plusieurs crèmes anti-rides, elles m'ont toutes donné des boutons. J'ai cédé à des injections de botox, j'ai eu une réaction allergique, une bosse au-dessus du sourcil qui a mis un mois à partir. Je peux te dire que je n'ai plus jamais rien tenté.

– Oui, ça aussi, ça m'inquiète. Même si Faust assure qu'elle n'utilise aucune chirurgie, injections ou pas, je n'ai aucune envie d'avoir la tête d'une bimbo tirée et boursouflée, les pommettes qui t'enfoncent les yeux dans les orbites, les lèvres qui ont l'air de sucer une bite en permanence.

– À vrai dire, je ne pensais pas à ça…

– À quoi alors ?

– Tu pourrais avoir peur d'être tombée dans un piège, d'être prisonnière, de ne plus pouvoir t'échapper, peur d'être damnée.

– Damnée ?

– D'avoir vendu ton âme au diable. N'est-ce pas le propre de Faust ?

– C'est une histoire, une légende. Faust n'a jamais

existé. Cette femme, ce n'est certainement pas son véritable nom, juste un pseudo pour symboliser son activité, pour attirer le client.

– Le client ?

– Ben oui, qu'est-ce que tu crois ? Que c'est gratuit, ce séjour ? Moi, c'est toutes mes économies qui y sont passées. Heureusement que je suis propriétaire de mon studio à Paris et que je le loue pendant mes six mois d'absence, sinon bonjour la cata financière.

– Combien ?

– Comment ça, combien ? Tu dois le savoir, tu es ici comme moi.

– Je vous l'ai dit hier : je suis ici en tant que journaliste, en voyage de presse si tu veux.

– Invitée ?

– Oui. Je ne suivrai pas le protocole de votre cure. Je suis là pour observer et écrire.

– Six mois, c'est long pour un reportage.

– Je suis romancière aussi. Six mois, ce n'est pas grand-chose pour un roman. Alors, combien ?

– Six mille euros.

– C'est très peu cher pour une prise en charge totale, cure, logement et repas pendant six mois. La moindre cure ayurvédique en Inde t'aurait coûté la même chose pour à peine un mois. Je ne crois pas que le docteur Faust recherche le profit.

– Mais alors quoi ?

– C'est toute la question. Tu as signé un contrat ?

– Quel contrat ?

– Je ne sais pas, un contrat de prise en charge, un contrat d'hébergement, un contrat de cure.

– Oui, bien sûr, comme nous toutes ici. Pour la prise en charge. Je t'arrête tout de suite, je n'ai pas vendu mon âme.

– Aucune page blanche dans ton contrat ?

– Non.

– À quoi ressemblait la dernière page ?

– Il y avait un paragraphe tout en haut, rien d'autre.

– Et ta signature ?

– Ah oui, avec mon nom, celui de Faust, en bas de la page comme pour tous les contrats. Mais arrête de me faire peur. Non, je n'ai pas vendu mon âme.

– Si tu le dis…

Thaïs a eu l'air soudain bouleversée. Elle a saisi mon bras, agitée.

– Plus de cinq ans sans me voir proposer le moindre rôle. Depuis l'âge de vingt ans, j'ai toujours travaillé, rien de très glorieux, non, des apparitions au cinéma, des répliques dans des séries, des seconds rôles au théâtre, ça ne ressemble peut-être pas au succès mais j'ai gagné ma vie, j'ai vécu de ce que j'aimais. J'ai humé l'odeur des planches, senti la chaleur des éclairages dans les petits matins sombres, goûté à la camaraderie des cantines de fortune, et au mauvais champagne des avant-premières. Et puis soudain, fini. Ce que je suis devenue, la femme de plus de cinquante ans, ne représente plus rien pour le cinéma, ni la bonne copine, ni la maîtresse de l'homme infidèle, ni l'épouse bafouée, ni la passante dans la rue, ni la cheffe de service ou la collègue de la machine à café. Dans la vie réelle, elle existe bien sûr, nous le savons, nous en croisons tous les jours. Mais à l'image, rien. À moins qu'elle ne soit déjà une star, il n'y a plus de place pour sa silhouette, pour son visage. Et qu'est-ce que cela signifie ? Que la femme ordinaire de plus de cinquante ans doit devenir invisible. Si elle n'existe pas pour le cinéma, qui se veut être le reflet de la société, c'est que la société ne veut plus la voir. Et moi, à quoi dois-je me résigner ? À ce que ma carrière soit déjà terminée alors qu'elle n'a jamais vraiment commencé ?

C'était si vrai, cette histoire d'invisibilité, que j'en ai été saisie. Femmes entre cinquante et soixante-dix ans, nous étions nombreuses, dans les rues, les cafés, au cinéma, au théâtre, à la piscine, dans les supermarchés, les boutiques, à commencer par toutes mes amies, mes collègues. Nous étions le pivot de cette société, aidant nos enfants à s'établir, soignant nos parents, payant pour toutes les générations. Nous étions partout dans la vraie vie, mais pas à l'image. Pas dans la publicité, pas au cinéma, pas au théâtre, pas dans les livres. Notre consommation, oui, pouvait toujours profiter à la société, nous avions encore une certaine utilité économique, mais culturellement, il ne fallait plus nous voir. Nous avions cessé d'inspirer aux mâles le désir, dont nous savons depuis longtemps qu'il est lié à notre capacité de reproduction. Ni mères en devenir, ni muses, ni maîtresses.

– En sortant d'ici, a repris Thaïs, je serai comme neuve, je pourrai tout recommencer de zéro. Je saurai éviter les erreurs, les pièges qui m'ont fait tomber. J'aurai l'assurance que je n'ai pas su montrer lorsque j'étais jeune, je saurai me mettre en valeur.

– Tu es déterminée, ai-je conclu.

– Déterminée, oui, a répété Thaïs.

À différents stades de sa vie, Thaïs avait été fière de ce qu'elle avait accompli. Elle venait d'une famille populaire de la banlieue de Saint-Étienne. Ses parents avaient commencé en vendant des fromages sur les marchés. Elle se souvenait des étals à garnir au petit matin, le nez glacé dans le col de l'anorak, et du jour où ils avaient visité une petite échoppe en ville, un local moisi mais en dur qui leur permettrait de rester au chaud pendant les heures de travail. Son frère aîné, supporter des Verts comme leur père, avait repris et agrandi la boutique. Il en possédait trois autres désormais. Quant à elle, il lui avait fallu batailler dur pour obtenir l'autorisation de monter à la capitale à seize ans prendre des cours de théâtre plutôt que de faire un CAP. Une année, avaient dit les parents, et pas un centime pour l'aider. Qu'elle trouve un boulot ! Thaïs avait été serveuse, caissière, baby-sitter… et refusée au Conservatoire. De retour à Saint-Étienne, elle avait opté pour un CAP de plomberie, parce qu'à Paris les appartements fuyaient de partout. Thaïs comptait bien y retourner, en ayant mieux préparé ses auditions. À dix-neuf ans, elle était admise à l'école de la rue Blanche et finançait sa chambre de bonne grâce à des réparations clandestines. C'était plus rentable et moins chronophage que ses jobs précédents. Son premier échec avait été salutaire dans la mesure où il lui avait donné une compétence pour la vie.

La fréquentation d'une vraie classe de théâtre avait été sa première fierté. Avec son épaisse chevelure rousse, elle ne passait pas inaperçue mais avait dû se faire à l'idée qu'un physique aussi typé ne pouvait se glisser dans tous les rôles. Très jeune, elle avait été engagée pour des petites apparitions à la limite de la figuration dans des films pour adolescents. Sur les planches, les metteurs en scène l'envisageaient difficilement au-delà des rôles de soubrettes, lesquels sont heureusement légion dans le théâtre français. Le seul fait de gagner un peu d'argent comme comédienne l'emplissait de joie. Quelques hommes du métier lui avaient fait miroiter des emplois enviables mais peu avaient caressé sa peau douce et laiteuse au-delà de cinq ou six mois, et les projets n'avaient pas eu de suite. Elle était jeune, optimiste, douée pour la plomberie, vivait dans l'instant. Pour les besoins d'un téléfilm, Gérard Depardieu avait fourré sa main sous sa jupe et, dans un autre, Pierre Arditi la regardait bouche bée traverser une rue. C'était signe que le succès viendrait, pensait-elle. Elle était entrée dans le réseau très fermé du doublage et commençait à gagner pas mal sa vie en prêtant sa voix à des actrices américaines. Elle avait recueilli de très bonnes critiques à Avignon dans une pièce d'Harold Pinter. Son registre était large, les cinéastes finiraient par s'en rendre compte. De son enfance commerçante, elle avait gardé la tête sur les épaules et faisait fructifier avec application ses économies. Au point qu'elle avait pu faire l'acquisition d'un joli studio dans le 10e arrondissement, quartier des théâtres, près des Grands Boulevards. Elle s'en sortait bien, se disait-elle. Entre les doublages, les apparitions à l'écran et les rôles secondaires au théâtre, elle chômait rarement et, avec son statut d'intermittente, ne connaissait pas la disette.

Elle avait eu un fiancé comédien mais il l'avait quittée en apprenant qu'elle était enceinte, elle s'était résignée à avorter. À trente-huit ans, ça lui avait fendu le cœur, mais elle devait incarner la reine Élisabeth Ire d'Angleterre dans un téléfilm sur Catherine de Médicis, cette grossesse aurait été malvenue de toute façon. Entre quarante et cinquante ans, les emplois s'étaient raréfiés. Sans le doublage, elle n'aurait pas accumulé les heures nécessaires à son statut d'intermittente. Un rôle de bonne copine auprès de Sophie Marceau lui avait offert un regain d'espoir mais, passé cinquante ans, elle avait dû se rendre à l'évidence : le succès ne viendrait plus. Elle s'était résolue à animer quelques ateliers de théâtre dans des écoles primaires mais les enfants la dépri-maient. À l'enterrement du dernier de leurs parents, leur père en l'occurrence, son frère lui avait dit : « T'aurais mieux fait de suivre ses conseils et de te trouver un mari à Saint-Étienne, qu'est-ce que tu vas faire de toi, ma pauvre ? » Ce n'était pas tant à sa situation financière qu'il se référait car elle avait su mettre des sous de côté, l'essor des Airbnb lui permettant de rentabiliser son studio dès qu'elle quittait Paris. Il s'agissait plutôt de sa situation de femme en général, sur laquelle aucun homme ne s'attardait plus. Quelques copines dans le milieu l'avaient poussée à rejoindre une toute nouvelle association intitulée Le Tunnel de la comédienne de cinquante ans. Elle n'était pas seule dans son cas, c'était déjà une consolation. Six ans plus tard, le mouvement #MeToo lui avait ouvert les yeux sur tout ce qu'elle n'aurait pas dû accepter pour se faire respecter, il était trop tard. Le dernier tiers de sa vie s'annonçait solitaire. D'ici quelques années, on lui proposerait peut-être quelques jolis rôles de grand-mère, et encore, elle n'avait pas le profil, elle avait trop aimé le sexe pour être crédible devant une marmite de confiture. Elle avait trouvé la brochure sur la clinique en se rendant à l'une des réunions de l'association. « Carrière en berne ? Retrouvez vos vingt ans. Redémarrez du bon pied. » Elle y avait vu un signe. En louant son studio pendant ses six mois d'absence, elle pouvait financer sans problème sa cure de jouvence.

J'enviais les certitudes de Thaïs, cette corrélation évidente entre jeunesse et carrière relancée. Ne devrais-je pas considérer l'enjeu ? Dans le monde de l'édition, la jeunesse aussi était une valeur montante, même si cela n'avait aucun fondement sensé, hormis de proposer une image avenante à la télévision et d'incarner la nouveauté, la relève. Quel intérêt avais-je à conserver mon âme ? Le prix à payer serait la déchéance progressive, l'incapacité à me régénérer, une forme de résignation. Et puis la mort. De toute façon.

Il me semblait que cet âge nouveau qui m'était tombé dessus ressemblait furieusement à mon adolescence, j'en ressentais la même violence.

Entre treize et dix-huit ans, à plusieurs reprises, j'avais voulu mourir pour ne pas avoir à sortir de l'enfance. Après la naissance de ma fille, ma vie d'adulte s'était déroulée de manière plutôt apaisée. Mais voilà que, depuis quelques mois, il me semblait vouloir échapper à tout prix à la vieillesse. Sensation déjà éprouvée d'être sur un cheval qui se cabre. Peut-être me suffisait-il d'être patiente. Cet état se calmerait avec le temps, comme il s'était calmé jadis avec la maternité. Mais existait-il seulement un seuil où je pourrais me dire : *Je suis entrée dans la maturité et je m'en accommode* ?

À chaque âge, rechoisir. Accepter l'étape et vivre. Ou la refuser et mourir. S'en remettre au docteur Faust était peut-être une troisième voie acceptable.

Le mythe de Faust

J'étais curieuse de connaître l'opinion de la prof de lettres au sujet de Faust. Ma culture sur ce sujet ne dépassait pas une lecture lointaine et assez rapide des *Faust* de Goethe, et encore n'en avais-je pas vraiment compris le sens, surtout celui du second que j'avais trouvé désordonné. Quant au roman de Boulgakov *Le Maître et Marguerite*, je ne saurais dire ce que j'en avais pensé, je l'avais abandonné au bout de cinquante pages puis repris quelques années plus tard. Je l'avais alors lu avec plaisir tout en restant vaguement extérieure, déroutée par l'intrigue burlesque. Dans mon souvenir, une représentation de *La Damnation de Faust* de Berlioz à l'Opéra où ma mère m'avait invitée avait lieu sur la Lune. Pourquoi pas ? Lorsqu'on est prêt à accepter l'existence du diable, tout devient plausible.

Nous allions passer à table. Nos places demeuraient désignées sur les cartons que nous n'osions pas déplacer. Toutefois, il était visible qu'au cours de cette matinée Hélène, la normalienne, avait sympathisé avec Laure, la veuve du colonel, qu'Alexandra, l'avocate épuisée, avait été approchée par Katell, l'entrepreneuse de choc, que Colette, la vendeuse des Galeries Lafayette, avait tenté de sympathiser avec Isabella, la milliardaire rafistolée, tandis que j'étais considérée comme appartenant à la même catégorie que Thaïs, celle des Parisiennes évoluant dans un milieu artistique. Nos chambres n'avaient manifestement pas été attribuées au hasard.

Lorsque je me suis enquise auprès d'Hélène de l'évolution du mythe de Faust depuis ses origines, elle s'est montrée heureuse de retrouver son statut de professeure en nous instruisant toutes :

– Le mythe de Faust est apparu au XVIe siècle sous une plume anonyme, dont le récit a été publié en 1587 par Johann Spies. Il semblerait qu'il ait été inspiré par un personnage réel, un professeur d'université, le docteur Johannes Georg Faustus, né en Allemagne, peut-être à Helmstadt, dans les environs de Heidelberg. Astrologue, alchimiste, médecin, il aurait enseigné à Nuremberg et en aurait été chassé pour avoir fait des avances à certains de ses étudiants. Plusieurs traités sur la sorcellerie et les esprits lui sont attribués. Il serait mort dans une explosion lors d'une expérience alchimique en 1540. Son corps aurait été retrouvé en plusieurs morceaux, une marque du diable selon ses contemporains. Je n'ai pas particulièrement travaillé sur la réalité de son existence, je ne peux guère vous affirmer que tout cela a été vérifié, a précisé Hélène. Ce qui est intéressant, c'est de regarder l'époque qui voit émerger ce personnage, ces années où les savoirs commencent à se diffuser plus largement du fait de l'invention de l'imprimerie. Certains sont allés jusqu'à assimiler le personnage de Faust à un certain Fust, collaborateur et créancier de Gutenberg à Mayence. C'est l'époque de Pic de la Mirandole, du désir boulimique d'un savoir universel. Avant d'être un désir de jeunesse, Faust représente le désir du savoir absolu, le désir absolu du savoir.

Hélène a marqué un temps d'arrêt afin de mesurer l'effet de son jeu de mots. Nous demeurions suspendues à son récit, aucune d'entre nous n'ayant jamais envisagé la cure de ce point de vue.

– On retrouve très vite cette histoire sous la plume d'un des plus grands dramaturges anglais, Christopher Marlowe, toujours au XVIe siècle. Il lui a consacré une pièce intitulée *La Tragique Histoire du docteur Faust*. Christopher Marlowe était un personnage en soi. Il traînait dans les bas-fonds de Londres, fascinait la reine Élisabeth Ire au point qu'elle lui aurait confié des missions d'espionnage. Il a été retrouvé mort à vingt-neuf ans, assassiné dans un quartier malfamé. C'est lui qui a donné à Faust sa dimension métaphysique, par son acharnement à vouloir se mesurer à Dieu. Deux siècles plus tard, le poète allemand Goethe fait rayonner la légende du docteur Faust en lui consacrant deux pièces de théâtre, la première publiée au début du XIXe siècle, la seconde après sa mort. C'est lui qui introduit

Marguerite, l'incarnation de la beauté et de l'innocence. Elle est la jeune fille dont Faust tombe follement amoureux, qu'il cherche à séduire à l'insu de sa mère, et qu'il abandonne enceinte et déchue. Lorsqu'il se repent, il est trop tard, Marguerite ne veut plus être sauvée. Le premier *Faust* est intime, psychologique, axé sur les tourments de l'âme humaine. D'une certaine manière, le mythe de Faust, pas seulement chez Goethe, nous fait passer d'une époque où le destin d'un être humain se fonde dans un collectif à celle où commence à émerger la notion d'individu. Faust sort d'une voie tracée pour se fabriquer un destin qui lui est propre. Le second *Faust* est plus politique, plus éclectique, on y trouve des éléments iconoclastes, comme l'enfant artificiel, tout à fait anachronique pour son époque, ce qui ne m'étonne guère car j'ai toujours pensé que l'écrivain était médium – ce que Goethe a saisi de l'avenir en écrivant le second *Faust* en est la preuve. Ça ne l'empêche pas de convoquer des personnages de l'Antiquité, Hélène, Ménélas. Contre toute attente, l'âme de Faust est sauvée de la damnation par les prières de Marguerite. « L'éternel féminin nous attire vers en haut » en est la conclusion. Je ne suis pas spécialiste de la littérature allemande, je l'ai étudiée au cours de ma formation en littérature comparée, mais je serais incapable de vous faire une analyse pertinente de l'œuvre. Par la suite, Faust a inspiré deux opéras majeurs, ceux de Berlioz et Gounod, mais aussi des romans, des films, etc. À vrai dire, cette légende est l'une des plus universelles qui soient car elle englobe tous les désirs humains. Elle atteste que désir de science, désir de jeunesse ou désir de sexe ne sont qu'un seul et même désir, et que nous sommes capables de flirter avec le diable pour l'assouvir.

– Eh bien, elle est forte en marketing, notre docteur Faust ! s'est écriée Katell. Jusqu'à son assistante qu'elle fait appeler Margo !

– Tiens, a dit Isabella, rêveuse, je n'avais même pas pensé à Marguerite !

J'étais la seule à envisager que notre docteur Faust, en dépit de son genre féminin, puisse être celui-là même du mythe. Autour de cette table, toutes adhéraient à la conclusion de l'entrepreneuse bretonne : une belle opération de marketing, ni plus ni moins.

Hélène

Hélène avait eu des parents normaliens, tous deux en lettres classiques, une sœur aînée normalienne, aussi ne s'était-elle posé aucune question : à l'issue de sa khâgne, elle intégrerait à son tour l'école de la rue d'Ulm. À l'adolescence, elle avait eu quelques velléités d'écriture que ses parents n'avaient ni découragées ni soutenues. « Passe le concours, deviens prof, tu verras après. » Elle avait rencontré son futur mari le jour du concours. Ensuite, les années s'étaient succédé rapidement. L'agrégation, la thèse, une affectation prestigieuse à Bordeaux. Son mari y avait été nommé en philosophie deux ans auparavant. Ils avaient eu deux enfants, fille et garçon, élevés de manière irréprochable de sorte qu'ils s'étaient retrouvés eux aussi en classe préparatoire et avaient eux aussi réussi le concours d'entrée à l'ENS mais en lettres modernes. Ils avaient suivi leur cursus à Lyon où ils s'étaient beaucoup amusés, y avaient trouvé des conjoints, des maisons, des postes en lycée. Durant toutes ces années, Hélène s'était consacrée à l'enseignement, à la lecture, négligeant de s'atteler à un projet d'écriture. Il y a cinq ans, son mari l'avait quittée pour une étudiante. Elle s'était retrouvée à errer dans l'appartement familial bordelais trop grand pour elle, réclamant le divorce afin de pouvoir commencer une nouvelle vie dans un lieu à elle et se mettre enfin à l'écriture, lorsque viendrait la retraite. Mais quand, en juin dernier, cette heure avait sonné, rien n'avait jailli de son imagination. C'est en allant rendre visite à sa mère qui luttait contre un Alzheimer dans un Ehpad, qu'Hélène avait rencontré celui qui lui avait parlé pour la première fois de la clinique du docteur Faust. Il avait l'aspect d'un jeune homme tout en prétendant fêter ses soixante-dix ans. Hélène n'était pas du genre à se laisser embobiner. Dotée d'une culture complète, solide et académique, elle avait dû reconnaître, après avoir sondé son interlocuteur, qu'il avait réponse à tout et semblait avoir bien vécu les années cinquante et soixante. « En retrouvant mes vingt ans, j'ai pu commencer à réaliser mes rêves », lui assurait-il. Et elle, de quoi rêvait-elle ? En premier lieu, d'échapper à une déchéance similaire à celle de sa mère, cette intellectuelle de haut vol qu'elle avait tant admirée et dont elle suivait le déclin avec stupeur. Dans un deuxième temps, d'écrire des romans. « Beau programme », avait acquiescé le jeune homme. Dès lors, Hélène s'était convaincue que tout cela était possible. Après un séjour à Tirnamban, elle aurait de nouveau cinquante ans devant elle pour bâtir une œuvre. De surcroît, elle partirait avec un bagage intellectuel colossal qui l'aiderait sûrement. Quelques jours après les obsèques de sa mère, elle s'était inscrite pour la session qui débuterait le 30 avril. Elle avait appelé ses enfants pour les prévenir de son absence. Comme aucun ne répondait, elle leur avait laissé des messages : elle partait pour un tour du monde, ne serait pas joignable pendant six mois. Elle avait reçu deux SMS en retour : « Bon voyage, maman, profite bien. »

J'ai obtenu ces informations sans difficulté, par la colonelle Laure de Jarmon qui, comme toute épouse de militaire, aimait se montrer au courant de tout et colporter les cancans. J'en ai profité pour la questionner sur son parcours. Au fond, ce que je voulais savoir, c'était la manière dont elle-même avait été recrutée par l'équipe du docteur Faust. Car je commençais à comprendre que chacune d'entre nous avait été attirée par un argument choisi en fonction de sa personnalité.

Laure

Laure de Jarmon avait eu un père colonel, des frères sortis de Coëtquidan et, à vingt et un ans, un époux dans l'armée de terre. Ses études de puéricultrice s'étaient révélées inutiles pour gagner sa vie mais pratiques pour faire pousser les cinq enfants qui lui étaient venus en moins de dix ans. Charleville-Mézières, Belfort, Clermont-Ferrand, Rennes, Nîmes, Djibouti, Müllheim, Montauban, Brive-la-Gaillarde, Saint-Germain-en-Laye, Laure de Jarmon n'avait jamais eu le temps de s'installer, de se faire des amies en dehors des autres épouses de militaires, toutes issues de familles de militaires, toutes convaincues de leur supériorité sur les femmes ordinaires qui, elles, ne contribuaient pas à l'effort de guerre. Son époux n'avait jamais vraiment connu le danger, peut-être une fois, à Mururoa, lors d'une manifestation de pacifistes contre les essais nucléaires. Mais il avait aimé sa vie, les déménagements incessants lui tenant lieu d'aventures. Sa mise à la retraite n'était peut-être pas sans lien avec le cancer du pancréas qui l'avait pris par surprise à seulement soixante-six ans. Laure de Jarmon, qui n'en avait alors que soixante-trois, promettait de devenir une veuve inconsolable. Ses cinq rejetons, tous mariés, tous parents, l'entouraient avec gravité. Au moins mamie aurait-elle du temps à consacrer à ses petits-enfants. Elle pourrait les prendre l'été et pour les autres vacances scolaires. Au quotidien, c'était plus compliqué, tous habitaient des villes de garnison différentes tandis que mamie Jarmon avait choisi de rester à Saint-Germain-en-Laye, dans la petite maison achetée en vue de la retraite.

La seule véritable distraction de Laure au cours de sa vie avait été le bridge. Les cartes avaient le mérite de transcender les lieux austères, les grades disparates, les heures creuses. Veuve, elle s'était inscrite dans un club proche de chez elle. C'est là qu'elle avait fait la connaissance d'Hubert, cinquante-cinq ans, retraité de la SNCF, fraîchement divorcé, désœuvré. Dix ans de moins qu'elle. On a beau dire que notre époque tolère aisément ces écarts d'âge, elle s'était sentie en position de faiblesse pour la première fois. Hubert était galant, charmant, mais ne semblait pas disposé à la considérer comme une hypothèse sentimentale. Laure de Jarmon, qui avait toujours été très fière de ses chignons bas, de ses yeux noisette, de son petit sourire de Joconde, s'était mise à scruter ses pattes-d'oie, sillons nasogéniens, rides du lion, poches, menton affaissé. En amour, la classe ne remplace pas la volupté. Par principe, elle refusait la chirurgie et les dépenses inutiles. Toutefois, elle avait consenti à s'offrir une série de soins du visage dans un institut de beauté. Hubert la complimentait sur sa bonne mine, c'était déjà ça. Elle reprenait espoir. Jusqu'à ce qu'elle surprenne les regards concupiscents de l'ex-cheminot sur une nouvelle bridgeuse de quarante-cinq ans. En découvrant la souffrance, Laure de Jarmon avait compris que le véritable amour lui avait toujours échappé. Elle avait trouvé le prospectus de la clinique de Tirnamban dans sa boîte aux lettres, entre le petit journal de la mairie et une publicité pour Carrefour Market. « Retrouvez le visage de vos vingt ans. Une peau fraîche et douce, un cou impeccable, des mains de jeune fille, un corps svelte. » Le prix était très conséquent mais son mari lui avait laissé une somme confortable sur une assurance vie qu'elle avait envisagé de ne pas utiliser pour la léguer intacte à ses enfants. Toutefois, n'en avait-elle pas assez fait pour eux ? Elle avait annoncé qu'elle partait pour une retraite muette dans un monastère, elle ne serait pas joignable pendant six mois. Ses filles et belles-filles avaient tenté de la convaincre de choisir un meilleur moment. Ne préférerait-elle pas, cet été, s'entourer de la chaleur de ses petits-enfants ? Non pas vraiment, devenir chef de troupe pour treize mômes bruyants, dissipés, pas toujours très polis la tentait moyennement. Elle avait décliné. Pour la première fois, elle allait penser à elle. Sa famille en était restée comme deux ronds de flan.

Laure était à la recherche de sa séduction. Être passée à côté de l'amour lui donnait l'impression de n'avoir pas vécu. Pour Hélène, le désastre était d'avoir manqué sa vie créative et pour Thaïs de n'avoir pas connu le succès. Quant à moi, j'avais été, comme toujours, attrapée par mon côté cérébral. Retrouver mes facultés intellectuelles, ce serait bien. Je me sentais si lente, si paresseuse, si vide. Qui m'avait envoyé le communiqué de presse ? Certainement pas le docteur Faust, peut-être Margo, son assistante. À moins que la clinique n'ait engagé un service de communication externe. J'en doutais. Leur manière de nous cibler, d'adapter les tarifs en fonction des moyens de chacune, avait été extrêmement précise, diabolique, aurais-je envie d'écrire.

L'île d'Ys

Maîtriser le temps, accomplir nos rêves les plus sacrés, l'amour, la création, la gloire, avoir accès à l'Autre Monde, tous nos grands fantasmes étaient réunis dans cette aventure. Alors que je marchais sur la lande en surplomb de la mer, m'est revenue mon évocation de l'île engloutie dont le docteur Faust avait relevé l'image. Lorsque disparaît le dernier de nos parents, le dernier de notre fratrie, nos souvenirs sont menacés par les vagues de l'oubli. Notre mémoire crie pour ne pas être engloutie par les flots. Cela faisait plus d'un an que la mienne résistait à la submersion en se gonflant d'importance. À se faire plus grosse que le bœuf, elle était en train de m'étouffer.

Au déjeuner, notre tablée avait semblé apprécier le petit exposé au sujet de Faust. Au dîner, je me suis permis de questionner de nouveau la professeure de français :

– Hélène, connaîtrais-tu la légende d'Ys ?

Elles m'ont toutes regardée avec surprise.

– Qu'est-ce qu'elle vient faire là ? a demandé Thaïs.

– À cause de la baie de Douarnenez, c'est ça ? a émis Colette.

– Je suis encore moins spécialiste des contes pour enfants que de littérature allemande, s'est renfrognée la normalienne. Le mythe de l'île engloutie, il m'est arrivé de le traiter en classe mais plutôt à partir de l'Atlantide et de la version de Platon. Franchement, je ne saurais rien en dire. Toi qui as grandi en Bretagne, tu dois la connaître mieux que moi.

– Ce n'est pas la légende que je connais le mieux, ai-je regretté, mais je peux vous résumer ce dont je me souviens. Il en existe de nombreuses versions. Aucune ne fait autorité.

– Raconte, puisqu'on y est, a dit Katell, sans grand enthousiasme.

– Gradlon était un roi breton dont la fille unique, Dahut, était passionnée par la mer. Il lui avait fait construire une cité somptueuse dans la baie de Douarnenez, un peu sous le niveau de la mer, mais protégée par une digue. Dahu y menait une vie dissolue, fêtes, orgies, vous voyez le genre. Puis survint un chevalier qui se mêla aux invités. Il passa la nuit avec Dahut, vola la clé de la porte de la digue, l'ouvrit et laissa l'eau engloutir Ys. Lorsque Gradlon, fuyant à cheval la montée des eaux, voulut sauver sa fille unique qu'il aimait plus que tout, saint Guénolé la jeta à la mer et seul Gradlon, bon roi chrétien, fut sauvé. Ys fait partie de ces légendes destinées à édifier le peuple. Une version dit que Dahut, noyée, se transforma en sirène. Une autre affirme que la pécheresse devint gardienne de l'Autre Monde et prit pour l'éternité le nom de Marie-Morgane.

– C'est quoi, l'Autre Monde ? a demandé Isabella.

– Celui de la mort. Les Celtes le voient comme des îles qui recueilleraient les âmes des trépassés. Une des plus célèbres îles de l'Autre Monde est Avalon que l'on trouve dans la légende des chevaliers de la Table ronde. C'est elle qui accueille l'âme d'Arthur après son trépas dans sa bataille contre Mordred, son neveu. Mais il existe bien d'autres îles de l'Autre Monde dont je ne connais pas les noms. Dahut, ou Marie-Morgane, serait gardienne d'une de ces îles.

– Et qu'est-ce que la ville d'Ys vient faire dans notre histoire à nous ? a demandé Hélène, avec un soupçon d'agressivité.

– Je ne sais pas, ai-je admis. La situation est si étrange que je cherche à établir des liens. Nous sommes réunies en un lieu qui n'existe sur aucune carte, coupées du monde, à la merci d'une femme qui dit être le docteur Faust. Ys est une ville du diable. Faust a conclu un pacte avec le diable. Sa présence sur Ys ne me paraît pas incohérente.

– La présence du diable ? Ici ? a fait la voix apeurée de Colette.

– Tout ça, c'est de la légende, a coupé sèchement Hélène. Ys n'a jamais existé, pas plus que le diable. Quant à Faust, si tant est que le personnage soit authentique, il est mort voilà cinq siècles.

– En tout cas, Sydney, tu ne manques pas d'imagination, a dit Alexandra, rêveuse.

– C'est bien pour ça que tu es romancière, a conclu Thaïs.

Hélène s'est fermée comme une huître. Je me suis sentie prise en faute, hors sujet, comme au temps lointain des rédactions au collège. Mes compagnes étaient formelles, elles avaient signé pour une cure de rajeunissement, en aucun cas un pacte avec le diable. En début de repas, nous avions eu droit à un breuvage verdâtre et froid au goût amer, servi par Hermione mais concocté par Hébé, dont le nom était prédestiné – Hébé est la jeune déesse qui sert aux dieux grecs le nectar d'immortalité. J'aurais aimé leur parler de ce personnage, des prénoms de tous, ici, si adéquats, mais plus aucune des convives ne semblait désireuse de poursuivre sur la question des mythes, aussi me suis-je tue.

Plus tard, seule dans mon lit, j'ai pensé à la réflexion de Katell : « Elle est forte en marketing ! » Sans doute avais-je le désir que notre aventure soit plus profonde, plus essentielle qu'une simple opération de marketing. C'est pourquoi, devant la nuit noire que j'entrevoyais entre les rideaux, j'étais convaincue de suivre une piste sérieuse.

Au petit matin, alors que le soleil blanchissait l'horizon, je m'en suis voulu d'avoir exposé mes théories devant tout le monde. À la lumière du jour, elles m'apparaissaient comme de ridicules élucubrations.

Zoyad

La piscine couverte, dans l'aile consacrée à la remise en forme, était chauffée à trente-deux degrés. Même si je n'envisageais pas encore de me laisser rajeunir par le docteur Faust, au moins reviendrais-je en forme à Paris. À table, aucun alcool ne nous était servi. J'avais été présomptueuse en n'envisageant pas une réserve de cigarettes. Elles me manquaient. Sur l'île, pas de village, pas d'épicerie, nos corps sans artifices, nos cerveaux à l'état brut, sans écran, sans infos, sans fond sonore. Je n'avais plus connu ça depuis l'adolescence. À Paris, une journée détox consistait à intercaler des tisanes entre des repas à peu près normaux, et à les siroter en vapotant des e-liquides. Lorsque ma mère avait été hospitalisée, je m'étais remise à fumer de vraies cigarettes. L'AVC l'avait rendue paralysée et aphasique mais les médecins ne trouvaient pas déraisonnable de la laisser quelques années dans un état végétatif. Si son corps n'avait pas protesté en refusant de respirer et de se nourrir, ils l'auraient abandonnée dans cette prison de chair et d'os. J'avais dû batailler pour que son esprit soit libéré et en avais retenu la leçon. Je ne souhaitais plus devenir vieille. Mieux valait mourir avant.

Au petit déjeuner, personne ne m'avait fait de remarque sur mes hypothèses de la veille, Faust, le diable, l'Autre Monde, chacune avait repris ses activités comme s'il s'agissait d'une cure ordinaire, ce qui était peut-être le cas. Pendant que mes compagnes commençaient leur traitement de choc, je suis retournée marcher sur la lande. J'ai aperçu les gémeaux dans le jardin potager. J'étais curieuse d'Hébé. Contrairement à l'avant-veille, le garçon, Narcisse, était vêtu d'une chemise rayée. Son visage fin et pâle semblait sorti d'un film de Visconti. Sa sœur, sylphide, portait une tunique bleue. Ses cheveux blonds en bataille masquaient son visage. Lorsqu'elle les a repoussés pour me saluer, j'ai été saisie par leur ressemblance. Le frère et la sœur étaient les deux faces d'une même identité, deux elfes diaphanes, improbables pour des travailleurs de la terre. J'ai interrogé Hébé sur son nectar du soir. Elle s'est contentée d'un sourire énigmatique. Hébé, l'éternelle jeunesse. Dans la mythologie, Narcisse est amoureux de sa sœur jumelle, dont j'ignore le prénom, je sais seulement qu'elle meurt jeune et que son frère se console en admirant son propre reflet. Je ne crois pas que les personnages légendaires, Hébé et Narcisse aient le moindre lien de parenté. Les parents des gémeaux devaient être férus d'Antiquité. Très vite, ils ne m'ont plus prêté attention et ont repris leur arrachage des mauvaises herbes. Leurs mains étaient blanches et fines. Il n'était pas possible que tout cela soit réel.

Ma promenade poursuivait un but précis : retrouver la vieille et sa pipe pour lui demander l'aumône d'une herbe à fumer. Elle se tenait exactement au même endroit que la veille, à croire que, sur cette île, chaque jour se renouvelait identique au précédent. Elle m'a gratifiée de son sourire édenté. *Plus personne n'est ridé de la sorte*, ai-je pensé. Puisque tous les habitants de cette île avaient à voir avec le merveilleux, Zoyad était peut-être le personnage d'un mythe que je ne connaissais pas.

– Pas Zoyad, s'est-elle esclaffée, comme si ma méprise était désopilante, Zoé-Yad. Zoé est la forme grecque de Hava, qui signifie « vie », en hébreu. *Yad* est l'instrument qui sert à lire la Torah, tu connais ça, mon petit, cette main miniature, au bout d'un bâton, qui pointe les lettres.

– J'ai compris, ai-je dit, vexée, vous montrez la vie.

Cette vieille, censée appartenir à une génération soucieuse des convenances, me tutoyait comme si elle m'avait connue enfant alors que j'avais dépassé les cinquante ans.

– La vie, la vie, a répété la vieille en riant, la vie, la vie !

Elle n'avait peut-être plus toute sa tête.

– Zoé-Yad, je suis. Mais Zoyad, ça me va. Appelle-moi Zoyad. C'est très bien, Zoyad. La vie et montrer la vie, c'est la même chose, non ? Zoyad : je suis la vie et je montre la vie.

– Vous m'offririez de quoi fumer ? ai-je demandé pour mettre un terme à ces élucubrations.

– Bien sûr, viens t'asseoir à côté de moi, mais avant, entre dans la cabane, tu trouveras des pipes sur le buffet, prends celle qui te plaît, je te l'offre.

Je n'ai pas osé m'attarder à l'intérieur car, au premier regard, j'ai vu une petite pièce pauvre avec une paillasse en guise de lit et un chaudron sur un feu. Le seul meuble en parfait état devait être ce buffet massif sur lequel reposaient les pipes. Je me suis demandé comment le docteur Faust pouvait offrir un tel confort à ses patientes et laisser dans la misère l'une des rares habitantes de son île.

– Tiens, m'a-t-elle dit lorsque je suis sortie, en me tendant une coupelle pleine d'herbes sèches, apprends à bourrer une pipe. Le secret, c'est de bien tasser.

– C'est quoi, ces herbes ?

– Ah, si tu n'as pas confiance, tu t'en vas, mon petit !

– Ne vous fâchez pas, Zoyad, ce n'est pas une question de confiance, je vais fumer de toute façon, c'est juste de la curiosité.

– Bah, tu n'en trouveras nulle part ailleurs, de ce tabac-là, alors qu'importe ce que c'est. Fais attention de ne pas te brûler en allumant, c'est un coup à prendre.

Ne respire pas trop fort. Les premières bouffées pourraient te faire tourner la tête.

Elle avait été bien avisée de me faire asseoir. La gorge m'a brûlée, les yeux m'ont piquée, la tête m'a effectivement tourné. Et elle continuait de rire en m'observant. Je lui ai demandé qui d'autre vivait sur cette île à l'exception du personnel de la clinique.

– La clinique…, a-t-elle répété, l'air de réfléchir. Ah oui !

Pas très rassurante, cette réaction.

– Pas grand monde. Il faut savoir voir, a-t-elle lâché, évasive.

– Le passeur, vous savez le grand type maigre qui a conduit le bateau jusqu'ici, il vit sur le continent ?

– Non, ici, sur l'île. Un peu plus loin.

– Et sinon ? ai-je insisté.

– Les gens d'en haut, a répondu Zoyad avec détachement.

– Le personnel du docteur Faust ?

Elle a hoché la tête. J'ai énuméré tous les noms qui m'avaient été évoqués. Chaque fois, elle acquiesçait.

– Margo, les gémeaux, Démétra, Hermione, Dorian, Bastian, je ne vois personne d'autre, et encore, je n'ai vu ni Démétra ni Bastian. Je ne sais pas à quoi ils ressemblent.

– Bah, tu les verras, a fait Zoyad en secouant sa pipe. Tu as le temps.

– Vous vivez ici depuis longtemps ?

– Tu devrais cesser de te soucier du temps, ce n'est pas bon pour ta santé.

– Ma santé ! Et fumer, c'est bon pour la santé ?

– Si tu aimes ça, ça va, a répondu Zoyad.

Elle a recommencé à rire. Je me suis levée. Je devais rentrer pour un rendez-vous avec l'assistante du docteur.

– Garde la pipe, prends du tabac, mets-le dans ta poche. Et reviens quand tu veux.

– Vous vous ennuyez parfois ?

– Moi non, mais toi oui, je le vois, tu as besoin de compagnie. Reviens quand tu veux.

– Merci. Merci beaucoup, Zoyad. À bientôt alors.

Elle riait encore en me regardant m'éloigner. J'étais perplexe. Je comprenais bien ce que cette rencontre me signifiait : celle qui montre la vie était une ancêtre toute ridée, sans beauté et sans vraiment de suite dans les idées, alors que les gémeaux, jeunes et beaux comme des anges, paraissaient comme deux étrangers en leur propre jardin. Mais j'avais encore du chemin à parcourir pour faire de ce paradoxe une philosophie.

Margo

Elle inspectait mon visage, poches sous les yeux, pattes-d'oie, plis d'amertume, affaissement des joues, ovale mal dessiné.

– Vous pourriez vous épargner tout ça.

Je le savais. Déjà, je l'avais lu dans le regard de Thaïs lorsque je lui avais dit que je n'étais pas là pour suivre la cure. Je l'avais vue penser : *Tu en aurais bien besoin pourtant*. Je me suis cabrée. Si l'on pouvait évaluer les dégâts, c'est que les dommages n'étaient pas si grands. Au stade de Zoyad, la ligne était franchie ; elles en devenaient presque belles, ces marques du temps qui l'avaient totalement envahie. Zoyad était l'incarnation du temps. Les années passées à vivre se voient, et alors ? Hélas, les années passées à ne pas vivre se voient aussi. Ces années de non-vie étaient celles que nous cherchions toutes à rattraper. Thaïs, la carrière pas construite, Laure, l'amour sacrifié sur l'autel du devoir, Hélène, le roman pas écrit, Colette, toutes ces journées debout à massacrer son corps, mais aussi Katell, la revanche sur les hommes jamais atteinte, Alexandra, la famille manquée, Isabella, massacrée par la chirurgie, l'âge impossible à assumer, comme je l'apprendrais très vite. Et moi ? Un peu de tout ça. Trop peu d'importance accordée au corps, tout pour la tête et, à ce stade, la sentir si fragile, la concentration si difficile, les idées éparses si lentes à se mettre en place. Tant d'années à m'absenter du réel. *Le Privilège des rêveurs*, avais-je écrit à quarante ans. Les rêves vieillissent aussi. Avec le temps, ils pâlissent. Peut-être finissent-ils par s'effacer.

J'entretenais une relation curieuse à mon aspect physique. Longtemps je m'étais sentie si vieille au fond de moi qu'en me regardant dans la glace j'étais surprise de me voir jeune encore. De plus en plus souvent, j'éprouvais la sensation inverse, celle d'être restée inchangée depuis l'enfance et de ne plus disposer de l'enveloppe corporelle adéquate. Dans un cas comme dans l'autre, j'étais en total décalage avec moi-même. J'espérais que ce séjour m'éclairerait sur l'attitude juste à adopter, la direction à prendre.

Le visage de Margo, penchée sur moi, m'était étrangement familier, sans que je parvienne à me remettre en mémoire la personne à laquelle elle me faisait penser.

– L'énergie reboostée, la concentration restaurée, l'agilité intellectuelle retrouvée, insistait-elle.

L'assistante du docteur Faust lisait en moi, à moins qu'elle ait épluché attentivement le dossier remis par sa patronne. Elle savait ce qui m'avait attirée dans ce piège, ma peur de m'éteindre sans y prendre garde. Toutefois il était encore trop tôt pour céder à la tentation du retour en arrière. Je devais peser ma décision. Les années s'étaient enchaînées trop vite, je n'avais pas eu le temps d'y réfléchir. J'avais six mois pour me déterminer. Six mois pour écrire aussi, c'était un privilège. Infiniment plus de temps que je n'en avais jamais eu – au mieux avais-je disposé de deux semaines d'affilée, la plupart du temps de quelques heures volées çà et là. Et voilà que m'étaient offerts six mois vierges. Je devais me poser, laisser la lie de mes tourments retomber, puis décider.

Je connaissais le pacte faustien : il ne s'agissait pas d'échapper à la mort, ni même d'allonger la vie, seulement de retrouver vingt-quatre années de pleine jeunesse du corps et de l'esprit au terme desquelles l'âme tomberait dans l'escarcelle du diable. Vingt-quatre années, c'était sans doute ce qui me restait à vivre, de toute façon, sans intervention extérieure. Le choix dès lors se résumait à cette simple question : dans quel état les vivre ? À moins de ne pas les vivre du tout. Aucune responsabilité ne me rattachait plus au monde réel. Je pouvais m'autoriser à prendre congé. Ou vendre mon âme au malin dans l'espoir de faire renaître la flamme qui m'animait jadis. Était-ce si grave de perdre son âme ? Que pouvait bien valoir la mienne ? La frontière entre le bien et le mal était si ténue que cela n'avait peut-être aucune importance. La planète mourait sous l'action de gens bien intentionnés, occupés à sauver des vies, à accroître sans cesse l'espèce humaine, à la protéger, à se repaître des ressources de la terre jusqu'à la faire crever. Finalement le diable était peut-être une solution, les épidémies, les guerres, les famines, toutes ces catastrophes qui offraient à la planète une chance de survie. À moins que le diable ne se soit justement niché dans les bonnes intentions. Les gens du Moyen Âge pensaient que les plaies, les catastrophes étaient des épreuves envoyées par Dieu, peut-être avaient-ils raison. Cela donnerait raison à l'Église, qui voyait les guérisseuses comme des émissaires du diable et les condamnait à la torture et au bûcher. Peut-être avons-nous toujours confondu le bien et le mal, inversé les valeurs. Le divin empêcherait l'humain de prospérer tandis que le malin l'encouragerait à se répandre. Qui pourrait dire le contraire avec certitude ? Que pouvons-nous connaître du bien et du mal, hormis les quelques règles que la société nous a inculquées depuis l'enfance ?

Au-delà de mon visage, Margo observait mon combat intérieur.

– Le docteur Faust peut faire de vous l'être parfait dont vous avez rêvé.

Je luttais intérieurement. *Ne croyez pas que je ne connaisse pas l'issue de ce pacte désastreux. Non, Faust n'a pas connu une seconde jeunesse heureuse. Non, Faust n'a pas réalisé son grand projet alchimique car son âme, altérée par Satan, n'était plus apte à créer à la mesure de ce qu'il avait espéré. Non, Faust n'a pas connu l'amour véritable. Il est passé à côté de Marguerite, sans la comprendre.*

– Vous aussi, Margo, vous êtes née en Allemagne au XVIe siècle ?

Elle a levé un sourcil, esquissé un sourire :

– Mais non voyons, vous savez très bien que je n'apparais qu'au XIXe sous la plume de Goethe. Avant Goethe, je n'existe pas.

– Bien sûr, où avais-je la tête ! me suis-je exclamée avec une fausse légèreté.

Pour qui ces femmes nous prenaient-elles ? Dans quel jeu voulaient-elles nous entraîner ? La perverse assistante du docteur Faust laissait s'attarder le bout de ses doigts le long de mon bras. S'offrait-elle une deuxième chance de me convaincre ? Ce qu'elle ne pouvait obtenir par ma raison, pouvait-elle me l'arracher par le désir ?

– Je vais y réfléchir, ai-je conclu, en retirant sa main de mon bras.

Je l'ai conservée un instant dans la mienne. Son pouls ne battait pas plus vite. Aucune émotion. Tout cela n'était que mise en scène.

Katell

La plus bourrue d'entre nous, la moins soucieuse de son physique était la cheffe d'entreprise bretonne, celle que je nommais en secret la Pitbull. Cette femme semblait n'avoir jamais fait attention à son apparence. J'étais curieuse de ce qui avait pu motiver sa cure. Je l'ai abordée alors qu'elle faisait des allers-retours nerveux dans le jardin bordé par les deux ailes des chambres. J'étais installée sur un transat devant la mienne. Je l'ai invitée à s'asseoir et à goûter à ma tisane. Je l'avais concoctée avec les herbes de Zoyad. Katell a rigolé lorsque j'ai évoqué la beauté de la jeunesse derrière laquelle nos camarades semblaient courir désespérément. Elle a reconnu avoir toujours été trapue, courtaude, le cou fort, la mâchoire carrée, avec des manières de garçon.

– Jamais été belle, qu'est-ce que tu crois !

Élevée au milieu de trois frères, elle se moquait bien de sa séduction. Seule l'entreprise dont elle avait hérité lui importait. Jeune, elle avait pris l'ascendant sur ses frères pour diriger la laiterie paternelle. L'aîné avait repris l'élevage des vaches, le deuxième la direction des machines et du personnel, et le dernier la direction commerciale. Elle s'était réservé les finances et la direction générale, parce que c'est ainsi que fonctionne le monde de l'entreprise : en haut de l'échelle se situe le poste le plus abstrait, celui qui n'a rien à voir avec l'activité principale. Or, depuis toute petite, Katell était fascinée par la transformation du lait en crème, beurre, yaourts, fromages. Son père la laissait déambuler dans les ateliers, humer les fermentations, tremper sa petite cuillère en bois dans les barattes. En sixième, elle avait fait un exposé sur les techniques de fabrication des laitages, les fromages au lait cru ou pasteurisé, le lait entier ou écrémé, les fromages frais ou secs, à pâte dure ou molle. Elle avait passé ses étés à travailler dans les ateliers, avait rejoint le staff de la direction à vingt ans, après son BTS de gestion. Peu à peu, son père l'avait associée à toutes ses décisions. Ses frères n'avaient pu qu'accepter la nouvelle répartition des tâches. Mais, au décès du père, ils avaient considéré la laiterie comme leur bien propre, s'octroyant des voitures de fonction, des voyages d'affaires, des restaurants gastronomiques et des séjours en Relais et châteaux, si bien que Katell ne parvenait plus à équilibrer les comptes. En vingt ans, la crise économique aidant, la seule manière d'échapper à la faillite avait été de vendre la laiterie à un grand groupe industriel, les vaches étaient parties à l'abattoir, tout cela n'était plus rentable.

Entre-temps, Katell avait été mariée à un directeur de supermarché qui lui avait fait deux enfants tout en la trompant avec ses secrétaires, vendeuses et caissières. Après plusieurs plaintes pour harcèlement déposées contre lui, Katell n'avait plus pu ignorer sa disgrâce et avait demandé le divorce. L'homme ayant été licencié sans indemnités, aucune pension n'avait pu lui être réclamée. Katell avait donc élevé seule ses garçons tout en tentant de maintenir à flot sa trésorerie. La vente de la laiterie lui avait permis de récupérer un petit pécule immédiatement réinvesti dans une entreprise de volets roulants qui avait le mérite de ne pas inclure ses frères. Pendant dix ans, Katell était parvenue chaotiquement à assurer l'éducation de ses garçons et le commerce des volets. Elle avait fait la connaissance d'un fabricant de piscines et jacuzzis qui lui avait proposé une association sentimentalo-professionnelle. Les couvertures automatiques pour piscines, volets roulants horizontaux, étaient un marché prometteur. Avec le réchauffement climatique, les loisirs aquatiques connaissaient un boom spectaculaire en Bretagne. Katell avait besoin de grosses sommes d'argent pour offrir à ses fils les études de leurs rêves, l'un à Londres, l'autre à Oxford. Son compagnon lui avait proposé de lui racheter son entreprise tout en lui promettant le mariage et une association à égalité dans la nouvelle structure piscines-volets.

Bien entendu, dès qu'il s'était retrouvé à la tête de l'ensemble, Katell lui avait paru moins attrayante et il avait préféré proposer le mariage à une Dinardaise de bonne famille et vingt ans plus jeune. Une fois de plus, Katell s'était retrouvée éjectée de sa propre maison. Comme rien ne pouvait l'abattre et qu'elle avait compris l'intérêt de ce marché dans la région, elle venait de racheter à un pisciniste un fonds intéressant sur l'ancienne route de Saint-Malo. Ce n'était plus l'entreprise en tant que telle qui motivait Katell mais un cuisant désir de vengeance. Ce salopard qui venait de la plumer, elle le pulvériserait !

Avec la canicule des deux étés précédents, son activité avait démarré en force, tandis que celle de son ancien compagnon commençait à battre de l'aile, faute d'une véritable compétence à sa tête. Hélas, à l'automne, le cœur de Katell l'avait lâchée, infarctus, triple pontage. Pour la première fois de sa vie, elle s'était sentie abattue, vidée, finie. Ça avait duré quelques jours, jusqu'à ce qu'elle trouve, parmi les revues posées sur la table basse dans la petite salle d'attente du kiné de sa maison de convalescence, la brochure publicitaire de la clinique du docteur Faust. « Retrouver la santé de ses vingt ans, c'est possible. Régénérescence complète des cellules. Tous les organes peuvent être remis à neuf. » La clinique acceptait la Carte vitale et pouvait s'arranger avec la mutuelle des indépendants. Katell tenait sa solution. Elle avait confié l'entreprise à son fils aîné qui rentrait de Londres, avait mis en ordre toutes ses affaires et s'était préparée au combat. Lorsqu'elle rentrerait, le traître pourrait trembler, elle aurait devant elle quarante ans de pleine santé pour l'écraser comme un cafard.

Alexandra

Katell avait suffisamment parlé avec Alexandra pour me raconter les circonstances qui avaient poussé la belle avocate à atterrir parmi nous. Ma remarque sur la manière dont chacune de nous avait été ciblée, attrapée par son talon d'Achille, l'intriguait.

Alexandra avait en commun avec Katell d'avoir voué sa vie au travail. À cette différence près que pour Katell cela avait été un choix, presque un jeu, tandis que pour Alexandra ça relevait d'une obligation. Fille bâtarde d'un ambassadeur du Sénégal et d'une jeune secrétaire d'ambassade, sénégalaise elle aussi, ses parents ne s'étaient jamais mariés, car son père n'avait jamais eu le courage de divorcer de sa première épouse. Toutefois, il ne les avait pas abandonnées pour autant. Il avait versé un peu d'argent chaque mois durant des années et, après son départ de Paris pour une nouvelle affectation, n'avait jamais manqué de leur rendre visite deux fois par an. L'ambassadeur était fier de la petite Alexandra qui poussait mieux que ses enfants légitimes, trop gâtés. Pour la mère, Alexandra était un enjeu : être à la hauteur de ce qu'elle imaginait être une fille de diplomate, études de droit, Sciences Po puis, sur les conseils du père qui ne souhaitait pas croiser sa fille dans le corps diplomatique, retour au droit, section affaires internationales afin de lui assurer une carrière exemplaire dans un grand cabinet américain. Il commençait à être fier d'elle et s'interrogeait sur l'opportunité de la laisser utiliser son nom. Alexandra avait toujours eu conscience de ce que ses parents attendaient d'elle. Elle assurait à sa mère la reconnaissance de l'homme qu'elle aimait sans pouvoir le posséder, elle offrait à son père l'opportunité d'une descendance extra-africaine. Elle savait que l'Europe ne lui suffirait pas, il exigerait qu'elle conquière les États-Unis. Toute son enfance avait été tendue vers l'obtention des meilleures notes, des meilleurs résultats. « Qu'importe ce que tu feras, disait son père, du moment que tu es la meilleure. » Dans le même temps, il lui rapportait des documentations sur la carrière d'avocat d'affaires. Sa mère acquiesçait à tout. Alexandra avait fait une dépression à l'adolescence que personne n'avait voulu voir. Même après son lavage d'estomac à quinze ans (elle avait vidé l'armoire à pharmacie), son père l'avait sermonnée : « Comment as-tu pu faire ça à ta mère ? » La brave Alexandra avait remballé ses angoisses et poursuivi, dans la terreur de l'échec, sa course à la performance.

À vingt-cinq ans, elle était engagée chez Arthur

Andersen qui lui offrait une formation complémentaire à Harvard et, de là, avait enchaîné les cabinets prestigieux, relevé les défis, encaissé les coups bas, pris de plein fouet les remarques sexistes, racistes, assuré jour et nuit auprès de la clientèle. Elle avait eu deux amoureux dans sa vie. L'un, blanc, à Sciences Po, l'avait trouvée formidable pour combler le vide estudiantin mais, au moment de la présenter à sa famille, avait prétexté son jeune âge pour demander une pause avant de s'engager. L'autre, noir, rencontré lors d'une fête organisée par une amie, drôle, cool, informaticien, issu d'une famille nombreuse de la banlieue parisienne, l'avait intégrée très vite à sa tribu. Pour la première fois de son existence, Alexandra avait entrevu ce que pouvait être une fratrie. Elle avait rêvé de frères et sœurs, puis y avait renoncé en se promettant un jour d'être à la tête d'une vraie famille. Voilà que l'occasion lui en était offerte. Le garçon voulait se marier. La mère d'Alexandra avait dit : « Tu me laisseras prévenir ton père, ça va l'affecter d'apprendre que tu préfères sacrifier ta carrière pour te reproduire comme le premier caniche venu. » Alexandra avait ravalé ses fantasmes et ses larmes. Bien sûr, elle aurait pu s'entêter, mais elle savait que le mal venait d'entrer dans sa tête. Elle ne pourrait plus se réjouir, la vie à laquelle elle aspirait était justement celle à laquelle ses parents avaient tenté d'échapper, l'un par sa carrière, l'autre par sa maternité. Ne se sentant pas la force de les trahir, elle s'était jetée dans le travail, oubliant ses envies de famille.

Et puis récemment, son deuxième ex-petit ami l'avait retrouvée via LinkedIn. Il n'était pas loin de la retraite, vivait dans une maison avec piscine dans l'ouest de l'Île-de-France, ses enfants étudiaient aux États-Unis. Il lui demandait ce qu'elle était devenue. Eh bien rien, devait admettre Alexandra, rien de plus que ce qu'elle était déjà trente ans auparavant, une avocate performante qui devait se battre au quotidien contre les préjugés. Pas un client qui, lors de la première consultation, ne l'ait prise pour la secrétaire. Ce qui l'avait amusée dans sa jeunesse la plongeait désormais dans le désespoir. Son père était mort depuis longtemps mais elle n'avait pas osé peiner sa mère en abandonnant cette position si chèrement acquise. Une fin de journée, elle s'était perdue dans la rue puis effondrée sur le trottoir. Lorsqu'elle s'était réveillée aux urgences, son sac avait disparu, volé avec ses papiers, ses cartes de crédit, ses clés. Elle s'était sentie nue. Sans ses attributs consuméristes, elle n'était plus rien. Pas de famille à prévenir, elle ne voulait pas inquiéter sa mère qui venait d'entrer dans une luxueuse maison de retraite au sud de Paris. Le médecin avait mis du temps avant de diagnostiquer un burn-out, comme si les Noirs ne pouvaient pas être en situation de surmenage professionnel. Elle avait trouvé la brochure du docteur Faust sur sa table de chevet, sans doute laissée par une infirmière pendant qu'elle dormait. « Retrouvez vos vingt ans. Repartez de zéro. Vivez enfin la vie qui vous correspond. » Alexandra était ménopausée depuis près de dix ans, elle voulait une famille, un homme, des enfants, un job sympa avec des collègues de travail paisibles. Elle voulait savoir ce que pouvait signifier vivre sans angoisse.

Acte II

Nos vies manquées

Ce que nous aurions pu être

En écoutant Katell me conter les grandes lignes de la vie d'Alexandra, j'ai commencé à m'interroger sur mes vies manquées. Non pas dans le sens de vies ratées, bien au contraire, plutôt dans celui de vies auxquelles j'avais échappé, ce que j'aurais pu devenir si j'avais suivi, à chaque carrefour, la trajectoire la plus évidente. Avocate d'affaires était la carrière que ma famille avait voulue pour moi. Mon grand-père maternel, qui nous avait recueillies, ma mère et moi, après la désertion de mon père, avait été jusqu'à glisser dans mon album de photos un long article sur cette belle profession intense et lucrative. J'avais grandi tournée vers cet avenir abstrait jusqu'à ma deuxième année de droit et mon choix d'options, affaires, travail, international. Une de mes amies de fac avait embrassé la carrière à ma place tandis que je bifurquais vers le journalisme. Mon grand-père venait de mourir. Personne ne m'imposait plus rien. Je n'y avais jamais repensé. Pas même lorsque cette amie, qui avait tenu le coup dans un grand cabinet une bonne dizaine d'années, avait fini par se retrancher sur la côte bretonne, tournée vers le large, loin des tumultes du monde.

La vie d'Alexandra me renvoyait à ce que j'aurais pu devenir si…

J'allais vite comprendre qu'elle n'était pas la seule à me tendre, à son corps défendant, ce curieux miroir.

Isabella

J'avais nagé quelques kilomètres dans la piscine couverte et chauffée à trente-deux degrés, pédalé sur les vélos statiques, ramé comme si je devais rejoindre les côtes américaines et couru sur les tapis roulants. Moi qui avais toujours détesté les équipements sportifs et les mouvements répétitifs ne menant nulle part, je trompais l'ennui, cette vacuité remplie d'angoisse, en m'agitant.

Les premiers jours, il m'avait semblé être encore reliée au monde. J'avais, avant de partir, consulté la météo dans la baie de Douarnenez et constaté que le début du mois de mai serait particulièrement froid, venteux, pluvieux. Il n'en avait rien été, ces deux semaines inaugurales avaient été douces et lumineuses. Depuis, il m'était impossible de comparer ce qui était avec ce qui aurait dû être. Peu à peu me venait l'impression d'être comme un ours blanc prisonnier d'un iceberg à la dérive.

Le soleil se couchait tard. J'aimais profiter de l'horizon rougeoyant, assise sur une chaise longue, au pied de ma fenêtre donnant sur le large. Cette petite terrasse n'avait rien de privatif mais, dans la mesure où elle jouxtait mon habitation, en retrait du jardin ceint par nos deux rangées de chambres, je m'y trouvais toujours seule. Néanmoins, par souci d'ouverture, j'avais installé deux transats.

Je m'étais découverte assez douée pour allumer la pipe de Zoyad et la savourer lentement comme on sirote un cognac en fin de repas. Pendant ce moment contemplatif, face à l'océan, j'étais habitée par tous les moments heureux de ma vie, tous les couchers de soleil que j'avais admirés, sur la ville, sur la mer, au-delà des montagnes. Je revivais, chaque soir, ce moment primitif qui avait tant inquiété nos ancêtres. Le soleil renaîtrait-il demain ? Je me surprenais à me le demander, tant cette île me paraissait hors des lois habituelles de la physique. Peut-être avais-je rejoint un rêve qui s'évaporerait tôt ou tard ?

Ce soir-là, j'ai entendu les claquements de petits talons féminins sur le bois de la terrasse. Je n'avais presque pas besoin de tourner la tête pour reconnaître les pas d'Isabella.

– Ça ne t'ennuie pas si je m'assieds à côté de toi ?

– Je t'en prie, ces chaises sont là pour ça.

Bien sûr, je lui en voulais de me déranger au milieu de ce moment de recueillement. Elle était la dernière des hôtes de la clinique avec laquelle j'aurais voulu entamer une conversation.

– Tu es très forte, m'a-t-elle dit en s'asseyant.

– Forte ?

J'aurais pu m'attendre à de nombreux adjectifs avant de penser à celui-là.

– Oui, tu es la seule à résister au chant de la sirène. Nous avons toutes plongé.

– Jolie manière de nommer l'irrépressible désir de jeunesse. Mais ne vous y trompez pas. Ce n'est pas de la force, je n'ai pas le courage d'assumer les conséquences de mes actes. J'ai toujours été assez lâche dans ma vie. Il m'est souvent arrivé de renoncer à mes désirs par peur de l'échec. Ici encore, je crains que les conséquences soient pires que la situation initiale. Ne me demande pas pourquoi cette crainte m'habite, je n'en sais rien.

– Au moins es-tu lucide et honnête avec toi-même. Moi, je me fuis, je me suis toujours fuie. Dans l'excès, le superflu, je me suis tellement perdue, finalement. Comment ai-je pu croire que le mariage et la fortune m'apporteraient ce qui me manquait ?

J'ai commencé à regarder cette femme avec intérêt. Je me suis souvenue soudain des circonstances dans lesquelles j'avais jadis croisé son mari. À l'époque, Bernard Delecroix était sur le point de divorcer de sa première épouse. Il était, sans conteste, le meilleur parti de France. J'étais moi-même dans une situation financière difficile. Je venais de quitter mon compagnon. En représailles, il avait conservé chez lui tout ce qui m'appartenait, y compris les jouets et les vêtements de notre fille. Je devais tout racheter, sans en avoir les moyens. J'avais atterri dans un petit deux-pièces dont j'avais hérité de mes grands-parents maternels, où tout était à refaire. Mais j'avais vingt-huit ans et je croyais en ma bonne étoile. Bernard Delecroix m'avait été présenté lors d'un cocktail donné par ma maison d'édition. J'y étais encore jeune auteure, publiant mon deuxième roman. Mon éditrice, bienveillante, m'avait glissé : « Lui, si tu lui mets le grappin dessus, c'est la fin de tes soucis. Tu n'auras plus qu'à te préoccuper de ta prochaine robe ou de ton prochain voyage. Plus besoin de t'embêter à accumuler les piges et les romans de gare, tu pourras te consacrer à la littérature, la LITTÉRATURE, mon petit, tu as un potentiel mais tu écris trop vite. Tu as trop besoin d'argent ! Ça ne devrait pas être compliqué, il te dévore des yeux depuis une demi-heure. »

De fait, après une brève poignée de main, il m'avait posé des dizaines de questions, sur mon travail, ma famille, mes origines, mes ambitions, mes goûts, bref, il tentait de me cerner, comme un fermier évalue une vache dans une foire aux bestiaux. Eût-il été moins direct, peut-être m'aurait-il plu. J'aurais pu me bercer d'illusions, me raconter que j'étais tombée amoureuse, cela ressemblait tant à un conte de fées. Il avait ces fameuses tempes grisonnantes dont ma mère, en évoquant mon père, parlait toujours avec des trémolos dans la voix. Il était tout à fait mon genre d'homme, un substitut au père absent, au grand-père disparu. Par bravade, jeunesse, inexpérience, excès de confiance en moi, j'avais vite éconduit mon séducteur, je ne mangeais pas de ce pain-là.

J'aurais dû considérer la situation avec moins de rigidité. La vie ne s'était pas montrée si facile par la suite. Femme seule avec enfant n'était pas une situation enviable, je n'avais pas tardé à m'en rendre compte.

Il eût été vain de raconter à Isabella cette rencontre lointaine que son mari lui-même avait dû oublier depuis longtemps. Je ne pouvais néanmoins m'empêcher de m'interroger : si je m'étais montrée moins péremptoire, si j'avais accepté les avances du milliardaire, ma vie aurait-elle ressemblé à celle de cette femme ? Aurais-je cessé d'écrire comme elle avait cessé toute activité ? Me serais-je réfugiée dans la consommation de haut niveau ? Aurais-je aujourd'hui ce visage boursouflé ? Il était possible que ce ne soit qu'une question d'argent car il m'était arrivé de tenter le botox. C'était trop onéreux, trop peu concluant, j'avais tendance à développer des allergies. J'avais abandonné en me persuadant de la supériorité d'une beauté naturelle mais, au fond, je n'étais pas convaincue.

– Je regrette tellement ce que j'ai fait de mon visage, a soupiré Isabella. C'est impossible de se rendre compte par soi-même. Lorsque tu réalises le piège dans lequel tu es tombée, c'est trop tard. Comme avec la drogue. Tu commences par un petit truc, un rien du tout, ça se voit à peine, ça ne porte pas à conséquence. Alors tu y vas un peu plus fort, pour que ça se voie un peu plus, et encore plus fort, chaque fois plus fort. Un jour c'est la chute. Tu revois une vieille connaissance, une ancienne fille ravissante. Elle est devenue un monstre. Tu es atterrée. Pauvre fille ! Et puis tu le dis à une copine : « Tu as vu machine à quoi elle ressemble ? » et là, elle te regarde avec commisération. Et tu comprends. Tu comprends que toi aussi, tu es un monstre. Et pourtant tu continues, et tu sais pourquoi ?

– Non.

– Pour fuir la personne que tu es devenue. C'est terrible, non ? Mais heureusement, j'y crois encore, tu vois, sinon je ne serais pas venue. Et ici, ça marche.

– Comment ça marche, crois-tu ? Injections ? Crèmes ? Chirurgie ?

– Je ne sais pas, a reconnu Isabella. Parce qu'elle procède sous anesthésie.

– Ah.

J'étais surprise de l'apprendre. Les filles ne paraissaient pas particulièrement groggy lorsqu'elles sortaient de leurs séances.

– Peut-être pas une véritable anesthésie, juste une légère sédation. L'assistante te fait boire un truc un peu visqueux avant de t'allonger sur la table. Elle te dit que le docteur Faust va arriver dans un instant. Mais ta conscience n'attend pas jusque-là. Quand tu te réveilles, le docteur Faust est partie. L'assistante t'aide à te relever. Elle inscrit quelque chose sur ta carte de soins. Et voilà. Trois séances par semaine. Ça fait presque un mois. Les résultats sont très visibles, non ?

Elle était peut-être moins gonflée mais ses lèvres avançaient encore en bec de canard et les tendons entre ses joues et les ailes de son nez s'étiraient comme des élastiques lorsqu'elle souriait. L'important était qu'elle conserve un bon moral et que le résultat lui plaise.

– Vous me regardez toutes comme une bête de foire. Mais la vie, tu sais, ce n'est pas un choix une fois pour toutes. C'est une succession de petits moments que tu n'identifies presque pas et qui un jour font que tu es devenue ce que tu es. Bien sûr, si on m'avait montré ce que serait cette vie-là lorsque j'avais trente ans, je me serais détournée. L'oisiveté, l'opulence, ça ne te fait rêver que lorsque tu as du mal à te sortir de la misère. Après, tu mesures les sacrifices. L'ennui, la dépossession de toi-même. Plus rien ne t'appartient. Tu fais partie du patrimoine de ton mari. Tu n'es plus qu'une image. Et l'image t'échappe d'année en année.

– Tu n'as pas besoin de te justifier, je ne te juge pas.

– Non, c'est vrai que tu ne juges pas, mais tu observes, tu analyses. Alors voilà, je voulais te le dire.

L'image aussi avait été importante pour moi. J'avais été une jeune fille complexée. Ma curieuse situation familiale, père évaporé, mère seule, avait dû marquer ma manière incertaine de me tenir, un peu voûtée, et favoriser des problèmes de peau. Ma mère m'avait inscrite dans une agence de mannequins à Rennes contre ma volonté. Elle avait bien fait car le regard des autres m'avait redressée et donné l'assurance que l'adolescence m'avait refusée. Toutefois, j'avais eu tôt conscience de la fragilité de la beauté. Je savais trop ce que signifiait se sentir laide pour me laisser prendre au piège. En m'installant à Paris, je m'étais consacrée aux études, j'avais cultivé mon esprit et négligé le reste. Il m'arrivait encore de me demander si je n'avais pas bêtement laissé échapper un trésor qui aurait pu m'apporter un peu de plaisir.

Isabella était venue vers moi pour trouver du réconfort et c'était elle qui, avec ses mots, redonnait un sens à mon propre choix. Comment avait-elle atterri ici ?

– J'ai croisé une jolie jeune femme lors d'un gala de charité. Après quelques coupes de champagne, elle m'a glissé à l'oreille cette phrase étrange : « J'étais comme vous, avant. » Je ne comprenais pas ce qu'elle cherchait à me dire. J'y voyais de l'ironie. C'était moi qui avais été comme elle, jeune et fraîche. Elle a insisté : « Vous devriez suivre la cure du docteur Faust. » Elle m'a tendu une carte en me conseillant de demander une documentation. Le petit carton comportait une adresse mail : Faust@Tirnamban.com.

Le soir même, Isabella envoyait un message. Le lendemain, elle recevait la brochure de la clinique en même temps que la promesse de retrouver le visage de sa jeunesse, malgré les interventions chirurgicales et les liquides toxiques stagnant sous sa peau. Le prix était exorbitant, plusieurs dizaines de milliers d'euros, mais n'était-ce pas la condition de la réussite ? Depuis que son mari ne l'aimait plus, il l'encourageait d'autant plus à se faire plaisir, à dépenser sans compter. Alors soit, elle allait dépenser. Six mois, ce n'était rien pour retourner trente ou quarante ans en arrière et reprendre la vie là où elle l'avait laissée en croisant le chemin de Bernard Delecroix.

Une adresse mail ? J'étais saisie. Il n'y avait ni wifi ni réseau sur cette île.

– C'est vrai, maintenant que j'y pense, c'est bizarre, a reconnu Isabella.

Ça ne paraissait pourtant pas la perturber plus que cela. Elle avait autre chose en tête, tout en hésitant à se confier. Et puis elle s'est lancée :

– Tu as vu ? Notre passeur, il est revenu.

– Non, ai-je répondu, étonnée du brusque changement de sujet, je ne l'ai pas vu mais je sais qu'il habite sur l'île. Ce n'est donc pas très surprenant. Pourquoi me dis-tu ça ?

– Pour rien. Comment le trouves-tu ?

– Tu veux dire physiquement ?

– Bien sûr.

– Je ne sais pas, je ne l'ai pas vraiment regardé, il me faisait peur, je crois. Il te plaît, c'est ça ?

Elle a rougi :

– Oui, assez.

Le propre des séductrices est de ne jamais cesser de vouloir séduire. C'est l'essence même de leur existence. À vingt ans, je m'y étais blessée aussi.

Zoyad

M'approvisionner en herbes sèches me donnait une justification heureuse pour retrouver chaque jour le visage joyeux de Zoyad.

– Ça fait plus d'un mois que nous sommes arrivées et il n'est pas tombé une goutte de pluie, lui ai-je fait remarquer.

– C'est l'été, mon petit.

– Nous ne sommes qu'en juin. Par ailleurs, je connais suffisamment la Bretagne pour savoir que, même l'été, le temps est changeant.

– Ne te pose pas tant de questions. Profite ! Ça ne te plaît pas, le beau temps ?

– Si.

– Alors !

Elle a eu ce geste négligent de la main qui signifiait : *Pourquoi donc se faire du souci ?* Mais du souci, je m'en étais fait toute ma vie, cela faisait partie de moi. Et elle, comment n'éprouvait-elle pas un grand ennui à demeurer assise toute la journée à la même place, sans rien faire d'autre que fumer sa pipe ? J'ai immédiatement senti l'incongruité de ma question, la réponse tombait sous le sens. Le temps passe, que nous soyons ou non occupés. La différence est que toutes nos activités nous évitent de nous attarder sur le sens intrinsèque de ce temps. En travaillant, en écrivant, en tombant amoureuse, en élevant un enfant, en faisant du sport, en buvant avec mes amis, j'avais cru donner un sens à ma vie. Peut-être n'était-ce qu'illusion. Le sens profond, métaphysique, n'existait sans doute pas.

– Tu écris des histoires sur le papier, a dit Zoyad. Je me contente de les raconter dans ma tête. Ce n'est pas très différent.

Cela faisait une grande différence pour moi. Toute petite, je m'étais raconté des histoires dont il ne restait rien puisqu'elles s'étaient évaporées avec l'âge. Je me souvenais vaguement d'avoir eu pour ami imaginaire un serpent bleu. Mais cela ne comptait plus puisque je ne l'avais inscrit nulle part. Cet oubli m'avait effrayée lorsque j'avais eu vingt ans. Si je n'écrivais pas ce qui traversait ma pensée, comment parviendrais-je à retenir tout ce flux ? Il serait perdu à jamais. Ou plutôt, il serait à jamais perdu pour le monde. Aujourd'hui, je mesurais ce que cette ambition avait de prétentieux. Le monde se serait passé sans mal de mes pensées, comme de la plupart des pensées. C'était l'effroi de devoir quitter cette terre sans y avoir laissé mes traces qui m'avait poussée à produire tous ces romans. Peut-être les gens admirables étaient-ils justement ceux qui renonçaient à toute trace. Entre les trois verbes basiques du vocabulaire français, « être », « avoir » et « faire », j'avais résolument choisi le troisième. Comment font les sages pour *être* ?

– Tu dois beaucoup l'amuser, a remarqué Zoyad.

– Amuser qui ?

– Jo.

– C'est qui, Jo ?

– Johanna Georgia.

– Le docteur Faust ?

C'était tellement curieux de penser que le docteur Faust pouvait être appelée par son prénom et encore davantage par un diminutif.

– Vous la connaissez donc si bien ?

– Crois-tu que cette île soit si grande que nous puissions échapper les uns aux autres ?

– Depuis combien de temps êtes-vous installée sur Tirnamban ?

– Hou…

Zoyad roulait des yeux, qui disaient : *Des lustres.*

– Et le docteur Faust ?

– Plus encore, a-t-elle répondu, narquoise.

– Des siècles donc, ai-je glissé avec perfidie.

– Tu l'as dit.

– Alors vous avez dû en voir passer des curistes ! C'est plein toute l'année ici ?

– Toute l'année.

– Des hommes aussi ?

– Ici, seulement des femmes, c'est le nom de l'île. Tir na mBan, « terre des femmes ».

– Le passeur, Dorian, Bastian, Narcisse ?

– Il faut des hommes sinon les femmes ne resteraient pas, tu le sais bien, a fait remarquer Zoyad, espiègle.

– Narcisse est à peine plus qu'un enfant.

– Il plaît aussi.

– Et vous, que faites-vous ici ? Tout le monde a un rôle, sauf vous.

– Hé hé !

Cette conversation semblait la divertir. Une réponse m'a traversée que j'ai chassée aussitôt. J'ai tenté de sonder son regard, il souriait avec bienveillance. Qui dit Faust dit diable. Zoyad pourrait-elle être le grand opérateur de toute cette entreprise ?

En remontant avec ma ration d'herbes, j'ai croisé le passeur pour la première fois depuis notre arrivée. Il descendait vers le ponton. Il a soulevé son chapeau pour me saluer. Quelque chose me disait que cette rencontre n'était pas fortuite. Son visage, que j'avais trouvé cadavérique le premier soir, n'était qu'émacié, ses traits marqués mais pas désagréables. Un certain charme, dirait-on. Je pouvais comprendre l'attraction qu'il exerçait sur Isabella. Toutefois, je n'aurais pas été surprise que son nom soit Charon, pilote de la barque des enfers pour les anciens Grecs.

– Sydney, ai-je dit en lui tendant la main.
– Je sais. Pascal, a-t-il répondu en la serrant.
– Pascal ?

Je ne m'attendais pas à un prénom si banal. Ce n'est qu'une fois dans le vestibule que sa signification m'est apparue. Bien sûr, j'avais été si habituée à avoir des Pascal dans mes classes ou à mon bureau que je ne m'étais jamais souciée de l'étymologie de ce prénom. En France, nous pensons toujours à ce qui vient du christianisme. Pâques et la résurrection, l'agneau pascal. Mais la Pâque est bien plus ancienne que cela. Elle remonte à la sortie d'Égypte. Et en hébreu, Pâque se dit *Pessah*, le « passage ».

Johanna Faust

Le docteur Faust suivait personnellement ses patientes. Elle les recevait une fois par semaine dans son bureau pour apprécier leur évolution psychologique, observer leurs émois, leur excitation, leur sidération. Elle m'avait laissée en paix les premières semaines, le temps de rendre visibles les effets du traitement. Ils se traduisaient par un coup de frais, une bonne mine, rien de très spectaculaire encore mais, déjà, je commençais à paraître terne et fatiguée en comparaison des autres, mes joues et mes paupières affaissées, mes sourcils froncés.

– Comment vous sentez-vous ? m'a-t-elle demandé ce jour-là, sur un ton faussement neutre.

– En grande forme, merci. Nager, marcher, prendre l'air, sans parler de toutes vos machines de musculation, j'ai l'impression que la folle course de ma vie s'est arrêtée.

– Vous écrivez ?

– Quotidiennement.

– Vous êtes inspirée ?

– L'inspiration n'existe pas. Il n'y a qu'une seule manière de faire venir les idées et les mots, se poser et se mettre au travail.

– Et si ça ne vient pas ?

– Ça vient forcément, plus ou moins facilement, plus ou moins lentement. Vous devriez le savoir. N'avez-vous pas écrit de nombreux traités ?

– Des traités, oui. Pas des romans. Les traités ne servent qu'à présenter des théories.

– Écrivez-vous toujours ?

– Ne cherchez pas à me retourner mes questions, a coupé le docteur Faust. Donc, vous travaillez bien ici.

– Oui. Je peux préciser que, si l'inspiration n'existe pas, un certain désir est toutefois nécessaire pour se mettre au travail.

– Cela va sans dire.

– Ça va mieux en le disant, ai-je rétorqué. Il m'est souvent arrivé de devoir me mettre au travail sans désir. Cela n'empêche pas les images, les sons, les mots de survenir, mais c'est plus pénible.

– Ici, vous ressentez donc le désir d'écrire ? a repris Faust.

– Oui, chez moi, il est souvent lié à un certain ennui, ne le prenez pas mal. Vous nous recevez à la perfection, mais je n'ai pas l'habitude de cette oisiveté. Si je n'écrivais pas, je déprimerais sans doute. Et c'est là qu'apparaît la condition essentielle, celle qui déclenche le besoin d'écrire. La condition en négatif.

– En négatif ? a fait Faust en levant un sourcil.

– Absolument. J'entends par là la situation dans laquelle il serait pire de ne pas écrire que de s'y mettre. Plusieurs émotions peuvent y mener : la tristesse, la colère, la peur, la frustration, la sensation d'être pris au piège.

– Tout cela n'est guère encourageant. Pauvres lecteurs ! N'allez pas vous étonner qu'ils se fassent de moins en moins nombreux. Personne ne peut souhaiter être pris en otage du mal-être d'autrui.

– Vous avez raison, docteur. C'est pourquoi notre ruse consiste à avancer masqués. Nous évitons d'étaler notre dépression entre nos lignes. Enfin, nous essayons.

– Je suis heureuse de vous voir si épanouie. Vous vous portez bien, vous écrivez sans mal.

– Je perçois dans vos propos un certain désappointement, docteur. Je suis désolée, l'écriture m'a toujours protégée de ce qui aurait pu m'abattre, la dépendance, le laisser-aller, le désespoir, la solitude, mais au-delà de tout, elle me protège du monde réel. Je suis peu perméable à ce qui m'entoure. Si je veux rajeunir, il me suffit de me glisser dans la peau d'une jeune fille. Vous conviendrez que cela porte moins à conséquence que tout ce qui est proposé par la société de consommation à la femme mûre.

– J'en conviens. J'admire que vous puissiez à ce point

faire abstraction de ce qui vous entoure. Peut-être vous surestimez-vous. Vous n'avez pas été un pur esprit tout au long de votre vie.

Le docteur Faust tapotait ses papiers, arborant un petit air narquois qui ne manquait pas de m'agacer. J'ai protesté :

– Hélas si, je le crois. Seule ma tête a toujours fonctionné à plein régime. Si vous vous référez à mes égarements, je ne dirais pas qu'ils aient été motivés par l'appel de la chair, quand bien même j'aimerais le penser. Cela ferait de moi une femme normale.

– Mais ?

– Pour être honnête, il me semble que le désir physique, chez moi, tient davantage d'une tentative d'appropriation de quelque chose que l'autre détient et qui me manque.

– Pour la plupart des individus, normaux comme vous dites, ça s'appelle le sexe.

– Chez moi, ça s'est appelé l'absence d'un père, le besoin d'une mère, le manque de fratrie…

– Ah, cette énumération dénote chez vous une tendance incestueuse !

– Laissez-moi terminer… Inceste pour une part si vous le souhaitez, mais aussi désir de savoir, de connaissances, de plus de capacité de travail, de finesse d'esprit, d'intelligence…

– Ainsi, votre jeune comédien possédait le savoir, l'esprit, l'intelligence dont vous pensiez manquer.

Son ironie ne m'a pas échappé. J'ai masqué de mon mieux mon effroi à voir toute ma vie défiler dans le bureau du docteur Faust sans mon consentement. Je n'avais jamais évoqué avec personne mon incartade. Glacée, j'ai expliqué :

– Ce jeune comédien ne représentait rien de tout cela. Il me manquait la liberté. Je m'étais rendue prisonnière d'une situation que j'avais pourtant voulue et patiemment construite. Ma vie ressemblait à ce dont j'avais toujours rêvé, confort matériel, sécurité professionnelle, couple calme, harmonieux, durable et…

– Piégeant, a complété Faust.

– Bien sûr. Nos contentements sont aussi nos limites, nos murs. Tout en possédant ce que j'avais souhaité, je désirais ardemment la liberté. Pourquoi ? Qu'en sais-je ? Je ne dois pas exclure mon fort instinct d'autodestruction. N'avez-vous pas remarqué, vous qui connaissez si bien l'humanité, à quel point l'humain s'acharne souvent à agir contre ses intérêts ? Le diable est bien peu de chose en comparaison.

– Hélas, a laissé échapper le docteur d'un air faussement attristé. Donc, si je résume, vous n'éprouviez rien de physique pour ce garçon, vous n'étiez poussée que par un manque de liberté, un désir d'appropriation, un instinct d'autodestruction.

– C'est à peu près ça, je le crains. Le désir vient de la tête même si l'effet qui en découle est sexuel.

– Vous avez bien conscience que tout cela est parfaitement immature ?

– Je ne le nie pas.

– Les femmes, heureusement, agissent rarement de la sorte. Elles parlent de cœur. La prédation intellectuelle et sexuelle appartient au masculin.

– Je ne prétends pas le contraire. Le grand-père qui m'a élevée n'avait eu q' 'une fille, ma mère, laquelle l'avait déçu en renonçant à une carrière pour se vautrer dans une maternité précoce et hasardeuse. Il m'a donné des principes de garçon : penser au travail avant toute chose, ne dépendre de personne, contrôler sa vie.

– Diriez-vous que vous avez contrôlé votre vie, désir compris ?

– Non, le désir m'échappe. C'est sa nature de nous échapper. Le propre de la tentation est d'être diabolique.

– Continuez.

– Mes pulsions de destruction sont les seules que je ne sois jamais parvenue à maîtriser complètement. Si j'avais été éduquée avec des principes de plaisir plus que de devoir, j'aurais pu me laisser dépasser par des pulsions plus douces et plus sensuelles. Je le regrette mais je n'y peux rien. Je peux me contraindre, jusqu'à un certain point. Hélas, je finis toujours par céder à mon instinct d'autodestruction.

– Intéressant.

Le docteur Faust a noté quelques mots sur ses

feuilles, puis levé la tête pour plonger son regard dans le mien.

– Désolée de vous décevoir, ai-je dit.

– Vous ne me décevez pas. Je sais tout cela. Je le comprends si bien. La femme que j'ai été n'a pas agi très différemment de vous. J'ai consacré ma vie au travail, à la science, à la connaissance, le plaisir m'est passé sous le nez. Vous voyez, nos histoires sont parallèles.

– Vous vous êtes laissé tenter par une nouvelle jeunesse, ai-je protesté.

– C'est bien légitime. Nos pensées finissent par nous échapper. Vous commencez à en faire l'expérience. C'est ce qui vous affole et vous a conduite jusqu'à moi.

Il m'était à la fois détestable et délicieux d'être si bien percée à jour. Nous cherchons le mode d'emploi de nous-mêmes tout au long de notre vie, sans être jamais capables de le maîtriser en entier. À son insu, le docteur Faust pouvait m'aider à y voir clair. Il me fallait parvenir à la manipuler mieux encore qu'elle ne me manipulait. J'ai pris, sans grand effort, l'air affligé de celle qui n'est pas loin de la perdition et cherche désespérément à se sortir de son guêpier. Le docteur Faust a paru satisfaite de ma contrition. Elle a repris, sur le ton de la provocation :

– Admettez-le, Sydney, le plaisir que nous avons éprouvé, n'est-ce pas la seule chose qui nous appartienne pour toujours ?

Ses yeux brillants ne me lâchaient pas. J'ai baissé humblement le regard avant de redresser la tête et de répondre avec fermeté :

– Je ne sais pas, Johanna.

Le docteur Faust a souri.

Thaïs

– C'est fou, ce qu'on peut se contenter de peu, venait de dire Thaïs comme s'il s'agissait d'une évidence.

Lorsqu'elle était sortie de la piscine, j'avais remarqué qu'elle avait minci, son ventre était plus plat, la cellulite moins apparente sur ses cuisses, ses bras plus fermes, la peau sous sa gorge ne plissait plus. Déjà, les ridules au coin de ses yeux se faisaient moins profondes. C'était une chose de renoncer en théorie à la tentation de Faust. En pratique, j'entrevoyais ce que ma position comporterait de douloureux au fil des mois, lorsque toutes retrouveraient leur jeunesse et que je resterais là, sur le bord, à écrire les choses plutôt qu'à les vivre.

– De quel « peu » t'es-tu contentée ? ai-je enchaîné pour retrouver le chemin des mots et des concepts plutôt que celui de l'envie.

– De petits rôles minables, d'argent facilement gagné à faire des trucs qui ne me plaisaient pas trop, de mecs pas terribles. Et dire que j'étais contente de ma vie.

– N'est-ce pas le principal, être content de sa vie ?

N'est-ce pas ce vers quoi la sagesse voudrait nous faire tendre ? À quoi cela sert-il d'être constamment insatisfait ?

– À s'améliorer, à prétendre à plus, à ne pas se laisser marcher sur les pieds. Tu vas voir, quand je vais rentrer à Paris, je vais tous les exploser. Marre des castings où tu te rends les genoux tremblants en attendant qu'on te dise : « Merci, au suivant. » En fait, je m'en rends compte, j'ai passé ma vie à subir.

– Tout le monde subit la vie. La différence ne se situe que dans l'apparence, entre ceux qui se posent en victimes et ceux qui font semblant d'être les instigateurs de leur destin.

– Pas du tout, a protesté Thaïs. Il y a des winners et des losers. Si toi, tu peux te contenter d'être la cinquième roue du carrosse, moi, je veux être le cocher qui fait avancer les chevaux.

– Pour ma part, j'aurais tendance à me voir assise à l'intérieur sur la banquette. Pas toujours très au fait de la route qui défile mais suffisamment éveillée pour continuer à croire que je donne les ordres au cocher.

– Alors qu'en fait, pas du tout. Personne ne donne les ordres au cocher. S'il freine brusquement, tu tomberas de ton banc, comme tout le monde.

– Te voilà devenue bien belliqueuse. C'est fou comme l'assurance physique peut jouer sur le moral.

– C'est la base, mais ça ne suffit pas. Je savais que j'étais jolie quand j'étais jeune mais je manquais de confiance en moi. Personne dans ma famille ne m'a jamais encouragée à devenir comédienne. Écrivain, c'est différent.

– Pourquoi différent ? Crois-tu que j'aie été encouragée à écrire ? Mon grand-père me rêvait partant à l'assaut du monde des affaires. Pour lui plaire, ma mère était disposée à me contraindre. S'il n'était pas mort avant la fin de mes études, j'aurais pu devenir Alexandra.

– C'est pas mal, elle a bien réussi dans son job, elle !

– Crois-tu que cela suffise ?

Étais-je donc la seule à voir le désespoir d'Alexandra ? Ou bien me fourvoyais-je en me projetant négativement dans sa vie ? Thaïs a poursuivi avec entêtement :

– Réussir, je n'en demande pas plus. Être en tête d'affiche, qu'on me reconnaisse dans la rue, qu'on me demande des autographes. Quand tu es une star, des tas de gens ont envie d'être toi. Personne n'a jamais eu envie d'être moi, je peux te le dire. Et je comprends ça !

– L'important, c'est que toi, tu aies envie d'être toi. Le reste ne me paraît pas très important.

– Parce que toi, tu es contente d'être toi ?

– Heu… ça dépend des jours. Globalement, oui.

Étrangement cette réponse qui m'avait échappé n'était pas si éloignée de la vérité. Fallait-il que je sois confrontée à la possibilité de grands changements pour que m'apparaisse enfin la satisfaction de ce qui est ?

– Je me demande ce que tu fous là, toi.

Thaïs avait pris un air très interrogatif, pas méchant du tout, au contraire, presque attendri. Du reste, elle a poursuivi :

– Mais bon, heureusement que tu es là. Tu es vraiment la seule avec qui on peut parler. Tu sais, si je devais avoir un jour une relation avec une femme, je crois que ce serait avec toi !

Je l'ai regardée, interloquée. J'ai repensé à ma conversation avec le docteur Faust en regrettant qu'elle n'ait pas entendu les propos de Thaïs. Elle aurait ri. Il était tellement impensable que j'éprouve le moindre désir pour Thaïs. Polie, je me suis contentée de la remercier pour cette semi-déclaration :

– C'est très flatteur.

Alexandra

Les propos sages et sereins que j'avais tenus à Thaïs me ressemblaient peu. Depuis l'enfance, je n'avais connu qu'une perpétuelle insatisfaction, m'obligeant à écrire sans cesse pour vivre en parallèle d'autres vies que la mienne. Je me trouvais si insipide. Lorsqu'il m'arrivait d'être sommée de me justifier, je m'en sortais par une boutade : « Le monde n'a pas été créé par des gens satisfaits. » Je ne pouvais guère me tromper. Les aventuriers, découvreurs, créateurs sont ceux qui veulent toujours plus. Les *Homo erectus* satisfaits se contentaient de manger leur viande à même la carcasse de l'animal. Il a fallu que surgisse un insatisfait pour que soit inventée la viande cuite. Sans les insatisfaits, nous vivrions encore à l'âge de pierre. Cette pensée me réconfortait lorsque mon anxiété prenait le dessus, c'est-à-dire à peu près tout le temps. Aucun de mes romans n'avait pu étancher cette soif, je courais sans cesse après le roman suivant, celui qui, je l'espérais, me permettrait de comprendre le monde dans son ensemble, de lui donner un sens, de combler le manque. Cela n'arrivait jamais.

Depuis que ma fille avait préféré les antipodes, que ma mère avait rejoint le monde des esprits, je multipliais les efforts pour me convaincre qu'il était bon d'être moi, de rechercher un bonheur simple que ni travail ni réussite ne pouvaient m'offrir. L'âge, imperceptiblement, m'avait fait perdre ma combativité, mon mordant. Le grand paradoxe, c'est que, jeune, j'aurais accepté avec enthousiasme le pacte de Faust. J'aurais vendu mon âme sans hésiter pour le savoir universel, la jeunesse éternelle. En vieillissant, je ne le souhaitais plus tellement. J'avais compris avec le temps que ce que l'on prend pour de la sagesse n'est, au fond, qu'une certaine lassitude.

À dix-huit ans, je m'étais projetée en femme de pouvoir, d'argent, de liberté. À Paris, je m'étais inscrite à la faculté de droit rue d'Assas, mais j'avais rapidement rencontré un journaliste éminent qui m'avait proposé un stage dans son journal. Je n'étais pas dupe de ses intentions réelles, toutefois l'homme me plaisait, pourquoi me serais-je privée. Cette aventure, survenue quelques mois après le décès de mon grand-père, avait mis fin à mes études, donc à ma carrière d'avocate. C'était une chance. Avec les années, je m'étais découverte plutôt timide, réservée, il m'aurait été difficile de me mettre en avant pour plaider devant tout un tribunal.

Je marchais dans le parc en tirant sur ma pipe. Alexandra était accroupie dans l'allée des plantes médicinales. À ses côtés, les gémeaux paraissaient en grande discussion. Elle a levé la tête et souri à mon approche.

– Je me demande si le jardinage n'est pas ce dont j'ai toujours rêvé, s'est-elle justifiée.

– Il y a aussi la cuisine, le bricolage, ai-je fait remarquer.

Je connaissais ces fantasmes d'intellectuelle. Elle a ri :

– Oui, un peu aussi, mais moins. C'est tellement incroyable de plonger ses mains dans la terre, de planter, de prendre soin, de faire grandir.

Ces poncifs m'étaient familiers. Cette terminologie issue de la maternité était destinée à faire de nous, les femmes, les gardiennes de la terre. Les hommes, eux, s'étaient approprié le monde, on voyait ce qu'ils en avaient fait, un vaste dépotoir surpeuplé de gamins fabriqués à leur gloire. En désespoir de cause, ils nous appelaient à la rescousse, pas tant pour nous confier le pouvoir, surtout pas, mais pour tenter de colmater les brèches. Et nous, gentiment, tombions dans le panneau. Mangeons bio, vegan, protégeons la nature, comme si nos petites mains et nos petits estomacs pouvaient changer quoi que ce soit à l'appétit féroce des mastodontes de la prédation. Plantons, plantons, pendant ce temps nous ne revendiquons rien. Plantons, plantons, craignons qu'il ne se passe quelque chose de pire si nous ne plantons pas.

J'étais périodiquement tentée, je le reconnais, par un retour à la nature, m'imaginant passer le reste de mes jours courbée sur ma bêche, préoccupée par l'extermination raisonnée des pucerons, les retirant à la main ou convoquant des essaims de coccinelles.

– Je ne crois pas que nous convertirons Sydney au jardinage, a dit Narcisse.

J'ai d'abord été surprise qu'il connaisse mon prénom. Bien entendu, c'est si petit ici que tout se sait mais les gémeaux étaient si secrets, si indifférents au monde extérieur. Je n'avais pas encore entendu le son de leurs voix. Celle de Narcisse était timbrée, curieusement grave au regard de sa délicate complexion.

– Bien sûr que si, nous possédons tous ce potentiel de retour à la terre, ai-je protesté. Parmi d'autres potentiels. Reste à savoir celui que nous souhaitons faire fructifier.

– Qu'est-ce qui est important pour toi ? a demandé Hébé dont la voix, tout aussi timbrée, presque aussi grave que celle de son frère, détonnait encore davantage.

– À ce stade avancé de ma vie, c'est bien ce que j'aimerais savoir. Si je parviens à déterminer à quel désir précis je souhaite dédier mes vingt prochaines années, je n'aurai pas perdu mon temps ici. Et vous, qui êtes-vous ? De vrais adolescents ? Des centenaires ? Des créatures du docteur Faust ?

– Non, ont-ils répondu d'une même voix.

Au moins constatais-je qu'au nom de Faust ils réagissaient avec véhémence.

– Ne devriez-vous pas être en classe ? Quel âge avez-vous ?

Ils ont souri. Hébé a fait un signe vague de la main traduisant l'impossibilité de compter les années. Je m'y attendais. Ici, l'âge ne signifiait rien. Le temps ne passait tout simplement plus. Je me demandais sur quels critères reposait leur apparence physique. Pourquoi Zoyad était-elle si vieille et les gémeaux si jeunes ? Pourquoi le docteur Faust acceptait-elle de paraître septuagénaire alors qu'elle vendait du rêve de jeunesse ? Et son assistante, trente ans, vraiment ? Les années semblaient avoir été distribuées à tous selon une logique qui m'échappait.

Alexandra s'était relevée. Elle me dominait par la taille et la prestance. Elle affichait un sourire radieux, mais, au-delà de sa mine épanouie, j'ai pu constater qu'elle avait véritablement rajeuni. À ce rythme, elle ne tarderait pas à vivre une nouvelle puberté. Brusquement, cet aspect des choses m'a saisie. D'ici deux ou trois semaines, toutes ces femmes ménopausées secréteraient de nouveau des hormones sexuelles, comme des adolescentes. Je me souvenais des conflits entre filles pendant les colonies de vacances. Ça promettait une drôle d'ambiance !

– Je suis contente de pouvoir parler un peu avec toi, m'a confié Alexandra, en me prenant le bras pour marcher vers nos terrasses. Tu te plais ici ? Tu ne regrettes pas de ne pas suivre le traitement ? Ça doit être bizarre, non ?

– Un peu. Ça le sera davantage lorsque vous serez toutes resplendissantes de jeunesse et que je ferai figure de directrice revêche de colo. Mais je m'y prépare, donc ça ira.

– Pourquoi es-tu venue ? Tu écris sur nous ?

– Oui, tous les jours. Je vous regarde, je m'interroge sur le sens d'un lieu comme celui-ci.

– C'est une maison de cure comme une autre. Il y a longtemps, j'ai emmené ma mère en thalassothérapie. Ce n'était pas très différent.

– Certes, mais tu ne te demandes pas comment procède le médecin pour rajeunir tes cellules ?

– L'important, c'est le résultat.

– Et si on tuait des jeunes gens pour vous transfuser leur sang ou vous greffer leurs organes ?

– Comment ? s'est écriée Alexandra, horrifiée. Tu crois ?

– Non, je dis ça comme ça, c'était le sujet d'un film avec Alain Delon que j'ai vu lorsque j'étais ado. N'empêche. Regarde-toi, le mois dernier tu avais la soixantaine bien tapée, aujourd'hui tu as l'air d'avoir quarante-cinq ans. Tu ne te demandes pas par quel miracle ?

– Je n'ai pas envie de me le demander. J'ai l'impression de vivre dans un rêve, ne me le détruis pas, a supplié Alexandra.

– Toi qui es juriste, tu as dû bien lire le contrat de prise en charge, non ?

– Oui. Les tarifs sont assez élevés, douze mille euros, mais très raisonnables si tu considères que tout est compris, hébergement et pension complète. Sans compter que le résultat est garanti.

– Pour combien de temps ?

– Vingt-quatre ans. Tu imagines, vingt-quatre années de jeunesse !

– En échange de quoi ?

– De revenir à Tirnamban vingt-quatre ans jour pour jour après notre départ.

– Et là ?

– Le passeur viendra nous chercher.

– Et après ?

– Je suppose qu'il nous ramènera ici pour une nouvelle cure. Mais je n'ai pas envie d'y penser. Sydney, s'il te plaît, ne gâche pas mon plaisir. Je vais enfin pouvoir vivre et même si ce n'est que pour vingt-quatre ans, c'est de toute façon mieux que ce que j'avais à espérer. Dans vingt-quatre ans, j'en aurai quatre-vingt-six. Ça me paraît être un âge raisonnable pour disparaître.

– Et la famille que tu rêves de fonder ? Les enfants que tu veux. Tu veux en faire des orphelins ?

– Il y aura leur père, et puis ils ne seront plus si jeunes. Ils auront plus de vingt ans.

– C'est si jeune, vingt ans.

– Je leur laisserai de quoi vivre somptueusement, je leur donnerai des parrains et marraines formidables.

– Tu es si sûre de rencontrer un homme qui te plaise lorsque tu seras de retour dans la vraie vie…

– Je trouverai, je ne serai pas difficile. Je veux un homme joyeux, chaleureux, aimant, qui ait le sens de la famille. Ça doit bien exister. Aujourd'hui avec les sites de rencontre, ce n'est pas compliqué de matcher avec quelqu'un. Il suffit de savoir ce qu'on veut. C'est le plus dur dans la vie, savoir vraiment ce que l'on désire. Tu as toujours su, toi ?

– Pas toujours. Pour certaines choses oui, et je les ai eues, écrire des romans, avoir un enfant, vivre à Paris. Et, tu as raison, ce sont des choses que j'ai voulues clairement. Je comprends ce que tu espères, Alexandra, et je suis convaincue qu'effectivement tu rencontreras l'homme qu'il te faut pour créer cette famille. Moi aussi j'ai rêvé d'une famille. J'étais fille unique, mon père a quitté la France lorsque j'avais quatre ans, j'ai grandi auprès d'une mère seule et de grands-parents exigeants. Rien n'était vraiment joyeux. Lorsque j'ai rencontré le père de ma fille, je pensais l'épouser et mettre au monde quatre enfants. Finalement, nous ne nous sommes jamais mariés et je l'ai quitté lorsque ma fille a eu, à son tour, quatre ans. Comme si j'avais été conditionnée pour reproduire le schéma de mes parents. À cette heureuse différence près qu'il n'y avait pas de couple de grands-parents – en particulier de grand-père – susceptible de prendre le relais auprès de ma fille. C'était moi toute seule. Et ma mère. Trois générations de femmes. Ce n'était pas toujours simple. Mais ça me semble très étrange que cette relation triangulaire qui a construit ma vie d'adulte ait disparu. Je ne pensais pas que ma mère me manquerait tant.

– Oh, je sais ça aussi, s'est empressée Alexandra. Moi aussi, j'étais la fille unique de ma mère. Elle a accompagné toute ma vie. Je n'en reviens toujours pas qu'elle ne soit plus là. J'en éprouve encore l'irréalité.

Irréelle, la frontière entre le monde des vivants et l'Autre Monde. J'avais l'impression qu'il me serait facile de la franchir, presque par inadvertance. Le cadavre de ma mère m'avait présenté l'image de ce que j'étais vouée à devenir. Ni Alexandra ni moi n'avions envie de nous appesantir sur cette douleur. Elle a repris :

– Et ta fille, elle ne te manque pas ?

– Un peu. Mais j'aime savoir qu'elle est heureuse au pays de mon père. L'Australie est plus tournée vers l'avenir que l'Europe.

– C'est bien une idée d'Européens, ça ! Pour les Africains, rien n'est plus désirable que l'Europe. Éventuellement l'Amérique. Tout n'est qu'une question de vision. J'espère que nous resterons en contact après ce séjour.

– Tu anticipes trop, ai-je protesté. Nous avons encore presque cinq mois à passer ensemble !

Nous étions si semblables. Ses tentatives pour maîtriser l'avenir, le modeler, le conformer aux attentes des autres, celles de son père désireux de prendre une revanche sur l'Occident, celles de sa mère soucieuse de satisfaire l'homme, de se placer au-dessus de l'épouse légitime, tout cela m'était familier. Si je m'étais conformée au désir de mon grand-père et de ma mère, je serais devenue Alexandra pour exactement les mêmes raisons : désir de conquête de l'homme, approbation de la femme qui façonne l'enfant pour que l'enfant satisfasse l'homme.

L'assistante du docteur Faust

J'ai toujours été prompte à me faire des habitudes. Dans tout lieu nouveau, je recrée mes horaires, mes parcours. J'aime à penser que je tiens du chat. Ils retombent facilement sur leurs pattes lorsqu'on les change de lieu car, en quelques jours, ils adoptent de nouveaux rituels.

Ainsi avais-je pris la bonne résolution de me lever tôt afin d'aller nager avant le petit déjeuner. Le premier jour, j'étais seule dans la piscine, mais le deuxième, j'avais trouvé en arrivant Margo qui y faisait déjà des longueurs. Cela m'avait contrariée car j'aime la solitude des petits matins. Heureusement, dès le lendemain, elle s'était calée sur mon horaire et, anticipant mon arrivée, sortait de l'eau avant même que je n'y entre. Ainsi, chaque matin, nous nous croisions. Elle émergeait ruisselante, secouait ses cheveux noirs, et s'égouttait avant d'attraper sa serviette. Il ne m'était pas encore venu à l'esprit qu'elle exhibait son corps splendide dans un but délibéré.

Après quelques semaines, je ne pouvais que constater que Margo apparaissait sans cesse dans mon champ de vision et se plaisait à me frôler dès que l'exiguïté d'un lieu le permettait. L'un de ces contacts, dans le couloir menant à la salle de soins, a été surpris par le docteur Faust, dont j'ai pu percevoir le regard amusé.

– Vous lui plaisez manifestement, m'a-t-elle fait remarquer.

J'étais interloquée.

– Vous plaisantez ? Elle a l'âge de ma fille !

– C'est rédhibitoire ?

– Absolument.

Quelque chose d'autre me déplaisait chez cette fille, pas seulement sa jeunesse, son assurance, son air de tout savoir, de nous prendre de haut, de nous juger. J'ai fini par comprendre ce qui d'emblée m'avait paru familier et désagréable chez elle. Elle me ressemblait étrangement. Jusque dans son regard, dur et noir, semblable au mien à l'époque lointaine où j'étais pétrie de certitudes. L'expression de mon visage devait rendre mes pensées parfaitement lisibles car le docteur Faust a émis un petit rire, avant de lâcher, amusée :

– Eh bien, ça ne va pas être simple !

Cette scène n'a pas manqué de m'alerter. Bien entendu, j'avais été naïve de penser que l'on me laisserait en paix, dans mon attitude d'observatrice. Il était inévitable que, tôt ou tard, je devienne une proie. Le docteur Faust avait dépêché son assistante dans l'espoir de me convaincre de signer. J'ai entendu ce « Ça ne va pas être simple » comme une véritable menace pour les mois qu'il me restait à passer ici.

Démétra

Plusieurs personnes concouraient à rendre notre séjour agréable. Toujours aimable et souriant, Dorian, l'intendant, répondait à nos questions avec une bienveillance mâtinée de condescendance. Il y en avait toujours une parmi nous pour oublier ses affaires ou son heure de soins, ou pour réclamer d'envoyer un message à sa famille ou interroger sur la date du jour car les semaines passaient avec une monotonie qui tendait à nous rendre le temps confus. Dorian était un beau garçon, grand et bien bâti, aux cheveux blonds, bouclés, la trentaine épanouie, toujours prêt à rire d'une bonne blague. Il avait été, dès les premiers jours, le point de mire des sexagénaires réunies sur cette île, à commencer par Laure de Jarmon, qui le disputait à Thaïs. J'avais tendance à penser qu'il choisirait la belle rousse mais je ne pouvais exclure que, la cure de rajeunissement aidant, la veuve du colonel aurait quelque attrait dans un genre plus classique. Les femmes coincées attirent parfois les bellâtres qui prennent plaisir à les initier au libertinage.

Bastian, l'homme de la maintenance, était occupé par quantité de menus travaux. En sus du ménage classique hebdomadaire, les ampoules montraient une forte propension à exploser et les robinets à fuir. À croire que ce bâtiment avait été conçu pour que les femmes soient amenées à le solliciter. Il intervenait avec une humeur égale, vaguement distant, excitant les fantasmes d'Hélène, Colette et, me semblait-il, Alexandra. Je soupçonnais la première, qui avait évolué toute sa vie durant dans un univers intellectuel et abstrait, de chercher dans une aventure avec un travailleur manuel une expérience d'encanaillement susceptible d'entrer dans une démarche romanesque. Bastian avait la quarantaine taciturne et dévouée. C'était un beau brun, solide, rassurant, cet aspect n'étant sans doute pas pour rien dans la manière dont Alexandra lui tournait autour. Un homme stable, avec un bon potentiel pour une future paternité.

On ne pouvait pas dire que le docteur Faust ou même son assistante se montraient disponibles. La première n'était guère visible qu'à horaires fixes, la deuxième paraissait davantage soucieuse d'elle-même que de ce petit groupe dont elle était censée animer l'emploi du temps. En dehors des soins, nous étions plus ou moins livrées à nous-mêmes, ce qui pour la plupart ne posait pas de problème particulier, occupées qu'elles étaient par leur métamorphose. Scruter les traits de leur visage, tâter la fermeté de leur corps ou la douceur de leur peau suffisait à leur ravissement. Pour moi qui n'espérais de ce séjour rien de mieux qu'une remise en forme assortie d'un bon sujet de roman, les distractions laissaient à désirer.

Au milieu de cet aréopage bancal, personne ne jouait de rôle plus fédérateur que la cuisinière, Démétra, la bien nommée, notre mère à tous. De haute stature, plantureuse, généreuse, elle apparaissait dès le matin, à l'heure du petit déjeuner, s'asseyait avec nous, complimentait l'une ou l'autre sur sa bonne mine, déclinait les menus du jour. C'était fou ce qu'elle pouvait créer avec du lait de brebis, des œufs et des végétaux. Son visage portait les marques d'une femme approchant de la cinquantaine, elle avait la mâchoire forte, un sourire aux dents éclatantes. À côté d'elle, sa fille Hermione paraissait plutôt renfrognée. Cela ne pouvait m'étonner. Quel plaisir une fille unique pourrait-elle prendre à se voir vivre vingt-quatre heures sur vingt-quatre collée à sa mère ? Je ne pouvais manquer, en les regardant, de me remémorer la douloureuse histoire de Déméter et Perséphone.

Perséphone, fille unique de Déméter, déesse grecque des moissons, avait été enlevée par Hadès, dieu des enfers. Sa mère avait réclamé justice auprès de Zeus qui avait négligé de l'entendre. De désespoir, Déméter avait cessé d'accomplir sa mission, plongeant la terre dans un hiver sans fin. Zeus avait été contraint de revoir sa position, lui accordant de retrouver sa fille six mois de l'année, lesquels seraient joyeux et pleins de lumière. Les six autres mois, Perséphone devait demeurer aux enfers auprès d'Hadès, abandonnant la terre aux ténèbres et au froid. Ainsi étaient nées les saisons. Mon goût pour les déesses grecques avait suivi l'évolution de ma pensée. Enfant, je rêvais d'être Artémis, la vierge farouche parcourant les bois avec son arc. À l'approche de l'adolescence, je m'étais prise à rêver de devenir Aphrodite, riche d'amour et de beauté. Pour entrer dans l'âge adulte, je ne m'étais plus identifiée qu'à Athéna la guerrière. Ce n'est que lorsque j'avais été mère à mon tour que Déméter, qui m'avait longtemps été indifférente, m'avait soudain paru admirable.

Je ne doutais pas que Démétra, cette femme qui prenait soin de nous, mère sublime, nourricière et dévouée, ait été capable de changer le cours du monde pour arracher son enfant aux enfers. Or, si Faust avait conclu un pacte avec le diable, où étions-nous à Tirnamban, sinon en enfer ?

Hermione était une jeune fille dont le corps lourd, hérité de sa mère, contrastait avec des gestes gracieux. Les traits épais de son visage, son nez, ses lèvres, sa mâchoire pouvaient, d'un sourire, prendre un éclat délicieux. Ces moments étaient aussi beaux qu'inattendus. Le sourire d'Hermione était une grâce en suspension, celui de Démétra une gourmandise. Démétra, la mère que j'aurais aimé avoir, aimant la vie, les rencontres.

Démétra, la mère que j'aurais aimé être, détendue et riante.

Lorsque je tentais de l'interroger sur sa présence ici, Démétra se dérobait. Oui, les groupes de femmes se succédaient chaque semestre, non, ce n'était jamais complètement pareil. Oui, elle officiait en cuisine depuis longtemps, non, elle ne saurait dire exactement depuis quand. Cela me paraissait invraisemblable. Toute mère le sait, un enfant marque le temps. Au moins jusqu'à ses vingt ans. C'est ainsi que s'organisent les souvenirs d'une mère : *Mon enfant n'était pas encore né, J'étais enceinte, Il avait trois ans, sept ans, dix ans, treize ans, Il est entré au lycée, Il a eu son bac, Il est entré à l'université, Il a obtenu son diplôme…* Une fois que ces événements ont pris fin, le temps reprend son cours indéterminé. Jusqu'à ce que l'enfant ait lui-même des enfants. Alors tout recommence avec les petits-enfants. Pour ma part, depuis le départ de ma fille pour l'Australie, j'étais devenue incapable de saisir le temps. Il déroulait ses jours de plus en plus vite, enchaînant les saisons comme on tourne les pages d'un livre à suspense. Quant à Hermione, lorsque j'ai évoqué une scolarité ou des études, elle a haussé les épaules, comme si elle avait été plantée sur cette île de toute éternité. À la réflexion, peut-être était-ce le cas.

Chacun, ici, demeurait figé dans un âge, un rôle. La mère et la fille, c'était immuable. Le docteur Faust et son assistante. Les gémeaux. Dorian et Bastian. Et enfin les deux outsiders, Pascal et Zoyad. Tous allaient par deux, cela recouvrait-il un sens particulier ? Nous, les curistes, avions cru être actrices de cette pièce de théâtre. Nous n'en étions que les spectatrices. Mais de cela j'étais seule à me rendre compte, car mes yeux n'étaient pas occupés à contempler ma beauté retrouvée.

Quel âge avons-nous vraiment ?

De mon vivant – mais d'où me venait cette formulation ? À ma connaissance, je n'étais pas morte –, disons au cours de ma vie dans le monde normal, j'avais été convaincue de ce que chaque personne naît avec un âge mental fixé une fois pour toutes. Certains enfants sont déjà vieux, de nombreux adultes demeurent des enfants ou des adolescents. Une cinéaste que j'avais un peu fréquentée m'avait dit un jour : « On a l'âge de son traumatisme. » Elle avait été déportée à Auschwitz à quinze ans et, de fait, quelques mois avant sa mort, elle continuait à aimer les blagues d'ado et se plaisait à fumer de l'herbe. Sa théorie était séduisante mais insuffisante pour expliquer que des mômes se comportent en petits messieurs, que des jeunes gens aient des préoccupations du troisième âge. Dans cette logique, il était possible que les habitants de l'île aient été figés sous l'apparence de leur âge mental. Cette lecture me permettait d'expliquer l'éternelle évanescence des gémeaux, l'extrême vieillesse de Zoyad, le sérieux massif et las du docteur Faust, l'immuable relation mère-fille de Démétra et Hermione, la jeunesse rayonnante de Margo.

Si je devais appliquer à moi-même cette théorie de l'âge unique, il me semblerait pertinent de me fixer à dix-huit ans, âge auquel j'avais éprouvé tant de désirs, élaboré tant de projets d'avenir, imaginé tant de romans. Si mon soupçon se vérifiait, je n'avais nulle nécessité à suivre cette cure de jouvence car, tôt ou tard, l'éternité m'immortaliserait à cet âge-là. L'idée me plaisait. Et rendait vain le sacrifice de mes comparses. Toutefois, pour une éternelle adolescente, j'avais diablement anticipé les étapes de la vie. J'avais vécu en couple, donné naissance à un enfant, trouvé du travail, publié des livres, divorcé, perdu mes parents, avec quelques longueurs d'avance sur toutes mes amies. Mes préoccupations concrètes avaient souvent correspondu à celles de femmes de dix ou quinze ans plus âgées que moi. Je devais donc reconnaître que ma théorie de l'âge figé ne tenait pas complètement. Je le regrettais car j'étais rassurée lorsque les choses trouvaient leur explication de manière définitive.

Il ne faudrait pas croire que la question de l'âge soit apparue tardivement dans mon existence. Bien au contraire. J'étais pour ainsi dire née avec. Dès l'âge de deux ou trois ans, j'avais redouté de grandir. L'âge à deux chiffres m'avait paru une perte abyssale. Sans parler de mes vingt ans qui effaçaient mes dernières illusions enfantines. Étrangement, avec les années, une forme de sérénité m'était venue. D'aucuns la nommeraient fatalisme. N'ayant pas prise sur la marche des jours, il était préférable de m'en accommoder. Cela n'était qu'apparent. Je n'avais jamais cessé d'entretenir mon névrotique rapport au temps, une relation faite d'angoisse, d'hostilité et de soumission. J'éprouvais, comme tout le monde, l'accélération de son passage avec l'âge et j'en acceptais l'explication commune liée à la relativité : une année représente pour un enfant de quatre ans un quart de sa vie, pour une femme de cinquante ans un cinquantième, autrement dit pas grand-chose. L'explication mathématique a ceci de satisfaisant qu'elle est irréfutable. Je lui préfère une analyse tout aussi simpliste mais plus psychologique, liée à la façon que nous avons, petits ou grands, d'occuper notre temps. Pour un enfant, presque tout est une découverte, une première fois, la leçon du jour, une nouvelle mode, un jeu dont il faut assimiler les règles. Une journée marquée par une découverte s'imprime dans notre mémoire à jamais. Nos journées de seniors s'effacent car toutes tendent à se confondre. Lorsque nous nous retournons sur les derniers mois, les dernières années, nous ne voyons plus qu'un grand blanc. Dix ans, pfft, enfuis. Finalement, les récents drames qui avaient marqué mon existence m'avaient permis de refaire apparaître ce qui était devenu pâle et flou.

Je comptais sur l'aventure faustienne pour mettre de l'ordre dans ce déroulé, pour revenir sur la manière dont je laissais couler les heures avec négligence. Je me suis souvenue d'un jeune homme, rencontré dans un jardin public voilà plus de trois décennies, avec lequel j'avais entretenu un embryon de conversation. « Le temps s'ossifie », m'avait-il dit. J'avais parfaitement compris sa phrase car j'expérimentais moi aussi ces moments compacts et gluants dont je ne parvenais pas à m'extirper. Mon grand-père, auquel j'avais fait part de cette expression, s'en était offusqué : « Tu verras, avec l'âge, que le temps se liquéfie. Il nous coule entre les doigts sans plus rien nous laisser en dépôt. » Il était mort quelques mois après cette discussion.

Aujourd'hui, je comprenais la liquéfaction du temps, je la ressentais de même. Étrangement, je craignais davantage sa fuite lorsque j'étais embourbée dans des heures interminables qu'aujourd'hui où tout m'échappait. Je ne doutais pas que la relativité du temps soit liée à notre peur ou absence de peur face à la mort. Plus les années filaient et m'en rapprochaient, moins je redoutais la mort. Plus elle devenait réelle, plus je l'apprivoisais. Zoyad devait avoir une explication à me donner à ce sujet, je la croyais capable de détenir des informations secrètes sur la réalité de la mort.

Colette, le jeu, la douleur

Ce n'est sans doute pas un hasard si le mot « distraction », qui désigne le jeu ou la fête, laisse aussi entendre une forme de négligence. J'avais beaucoup aimé le jeu, j'avais beaucoup joué, j'avais passé beaucoup de temps dans cette distraction. Je ne saurais dire si l'inattention au temps qui en découle est la cause ou la conséquence de l'amour du jeu. Car il est bien connu que nous courons vers ce que nous craignons. Ce temps dont je redoutais depuis l'enfance qu'il ne soit trop court, j'avais pris plaisir à le dilapider, à le gâcher par des occupations superficielles souvent nuisibles : jouer, fumer, boire, déprimer. Pour quelques pépites de temps bien occupé, combien d'heures pouvais-je ainsi jeter à la décharge de l'oubli ?

Par jeux inutiles, j'entends les jeux solitaires, les cartes, les écrans, les vidéos, certainement pas les jeux qui nous réunissent car, alors, c'est la relation qui est importante, cette relation à l'autre, qui n'est jamais du temps perdu. Sur Tirnamban, nous avions tout le temps disponible pour jouer, je n'allais pas m'en priver. En cela, Colette et moi nous étions bien trouvées.

J'avais peu connu de femmes aussi joviales, dispensant autour d'elles leur joie de vivre, riant à pleine gorge, semblant toujours prendre sous leur aile des couvées entières de poussins. Je répondais à ses sourires et me plaisais en sa compagnie. Comme moi, Colette aimait belote, rami, tarot, était capable de rester à la table pendant des heures. Dorian nous avait fourni les jeux nécessaires. À l'initiative de Colette, nous avions constitué un groupe de taroteuses. Nous étions quatre : Colette, Katell, Thaïs et moi. Plus tard, Laure condescendrait à nous rejoindre. Au cours de sa vie de caserne, elle s'était adonnée au bridge, avec d'autres épouses de militaires, afin de combler l'ennui. Ce n'était pas volontiers qu'elle se contenterait du tarot. Il lui faudrait prendre conscience qu'aucune de nous ne relèverait ses défis de bridgeuse tandis que les soirées s'éterniseraient, et cela d'autant plus que nous avancerions vers le solstice d'été.

Dès la fin de la troisième semaine, nous avions pris l'habitude de nous attabler toutes les quatre sur la terrasse principale, à l'heure de l'apéritif, après nous être douchées et habillées pour le dîner. Il n'était pas rare que nous nous y retrouvions également après le repas. Les joueuses à une table, les sérieuses à une autre. Laure nous regardait du coin de l'œil. Colette semblait vivre parfaitement son statut de doyenne. L'âge ne paraissait pas un problème pour elle. Elle parlait de ses enfants et petits-enfants comme des grandes réalisations de sa vie, sans éprouver le moindre regret des années anciennes. Ce qui l'avait conduite sur cette île me paraissait nébuleux, jusqu'au soir où elle s'est assise en déclarant, satisfaite :

– Une journée entière sans douleur. Ça ne m'était pas arrivé depuis vingt-cinq ans ! Je peux vous dire, ça fait du bien. Je n'ai jamais connu de cure aussi efficace ! Ce matin, je me suis levée comme une jeune fille, pas mal au dos, pas mal aux genoux, pas mal aux pieds.

Cette réflexion m'a glacée. La douleur, voilà donc ce que je partageais avec Colette. Cette proximité, plutôt que de m'attendrir, m'a inquiétée. Je me découvrais des points communs avec toutes mes congénères. Ces petites similitudes auraient dû me paraître banales – il était normal, entre femmes d'une même génération, de présenter des caractéristiques semblables. Mais ici, mes sensations étaient différentes. Chacune semblait partager avec moi une bonne raison de se trouver là, chacune semblait incarner une vie qui aurait pu être la mienne si j'avais fait d'autres choix. J'aurais pu devenir l'épouse oisive et désespérée de Bernard Delecroix, une avocate d'affaires en burn-out ou une ex-jolie fille ayant tenté de construire une carrière sur son physique, comme Thaïs (lorsque j'étais arrivée à Paris, ma mère avait ardemment souhaité que je poursuive ma carrière de mannequin commencée dans l'Ouest). Je n'avais pas besoin de discuter avec Hélène pour savoir qu'elle aussi représentait une part inaccomplie de moi : j'avais tant regretté de n'avoir pas suivi des études de lettres que j'avais poussé ma fille à entrer dans des classes préparatoires littéraires qui l'avaient dégoûtée à jamais des concours à la française. La frustration si visible d'Hélène, sa manière de parler de son grand roman en cours en me toisant comme si toute ma bibliographie n'était qu'un galop d'essai en comparaison de ce qu'elle préparait, me consolaient, sur le tard, de cette carrière intellectuelle manquée. D'une certaine façon, ces femmes (Alexandra et sa réussite professionnelle, Thaïs et sa trajectoire bohème, Isabella et ses milliards, Hélène et sa culture littéraire) me confortaient à leur insu dans la satisfaction d'être moi-même, de n'être pas tombée dans les chausse-trapes de la vie.

Colette était à la tête de la famille que j'aurais aimé avoir. Lorsque j'avais rencontré le père de ma fille, j'avais envisagé de vivre à ses côtés ma vie entière. Enceinte très jeune, j'avais conçu ma grossesse comme la première d'une belle série. C'était ma revanche sur mon enfance solitaire. Hélas, la vie prend plaisir à vous servir plusieurs fois le même mauvais plat dès lors que vous avez eu le malheur d'y goûter pendant l'enfance. Ce fantasme de famille nombreuse qui me tenait depuis si longtemps, j'allais devoir en faire mon deuil progressivement. Cet homme-là n'avait pas l'instinct paternel. Et ceux qui le suivraient ne parviendraient pas à me convaincre de retenter l'aventure. J'avais espéré voir naître les enfants de ma fille. Hélas, tant qu'elle avait vécu à Paris, elle n'avait manifesté aucune envie de pouponner. Ce n'était qu'en découvrant l'Australie qu'elle avait éprouvé le désir de s'ancrer. L'attente des jumelles m'avait remplie de joie. J'avais réellement eu l'intention de la rejoindre à Sydney. Mes billets étaient pris lorsque ma mère avait eu son attaque cérébrale. Les jours terribles à son chevet m'avaient obligée à différer mon départ. Lorsque tout avait été perdu, il y avait eu l'organisation des obsèques, le tri de ses affaires, la succession à régler, bref, des mois à remettre de l'ordre dans une vie bouleversée. Entre-temps, les jumelles étaient nées. J'avais cru, espéré peut-être, que la disparition de ma mère me donnerait une sensation de liberté. J'avais attendu de ce moment où je n'aurais plus à me conformer à ses aspirations une possible révélation de ma véritable nature. Hélas, je ne percevais de cette perte que le vide. Je n'aurais pas pu anticiper qu'une relation aussi complexe que la nôtre, souvent conflictuelle, puisse, par son absence, me laisser dans un si grand accablement. J'aurais plutôt imaginé que cette responsabilité enfin levée me rendrait la vie légère. Il n'en avait rien été. Dans les mois suivants, mon comportement désordonné avait hâté la désagrégation de ma vie. Ma fille m'avait beaucoup écrit dans les moments difficiles, regrettant de ne pouvoir m'assister, s'en excusant. Mais elle n'insistait pas pour que je vienne lui rendre visite. Au contraire, elle me laissait entendre que si je souhaitais attendre que les petites aient grandi, elle comprendrait. Elle était débordée, disait-elle, mais très bien entourée. J'avais compris que ma présence n'était pas souhaitée. Je manquais d'assurance pour m'imposer. Sans doute n'étais-je pas d'humeur à pouponner.

Ainsi Colette incarnait une autre de mes vies manquées, la matriarche que j'avais espéré devenir. Or voilà que, naïvement, elle venait de trouver les arguments pour me faire reconsidérer ma position sur cette île. Les douleurs dont elle parlait, je les connaissais depuis longtemps : le dos raide, douloureux, les nuits de lutte, les aiguilles dans les pieds au petit matin, les doigts gonflés, les élancements insupportables dans les genoux. Colette m'offrait enfin une raison impérieuse pour revenir sur ma décision et accepter l'offre du docteur Faust. Sa mobilité retrouvée me laissait entrevoir un avenir dans lequel je pourrais de nouveau courir, skier, sauter, danser. La perspective d'échapper à l'ankylose de la douleur, de retrouver souplesse, élasticité pouvait devenir une tentation irrésistible. Après deux mois de cure, Colette menaçait de devenir mon plus grand danger.

Katell, le jeu, les défis

Katell distribuait les cartes, les classait, annonçait sa petite ou sa garde avec sérieux et détermination. Même en l'absence d'enjeu, elle jouait pour gagner. Elle construisait sa stratégie avec méthode. Sourcils froncés, bouche serrée, elle comptait les atouts, ne commettait aucune faute directe. Rien de cela ne me ressemblait. Ce qui m'avait toujours plu avec les cartes, c'était l'excitation de la découverte, renouvelée avec chaque nouvelle main, un jeu effaçant l'autre, donnant l'illusion chaque fois de repartir de zéro. Tout l'inverse de la vie, qui n'est jamais vierge, pas même à la naissance, conditionnée par la famille, la géographie, le social et l'économique, où les erreurs s'accumulent, où la table rase n'est jamais possible. Avec les cartes, chaque distribution fait de nous une personne neuve. Vous avez perdu la partie d'avant, vous pouvez gagner la suivante. Une partie avec peu d'atouts, une autre avec une poignée. Le jeu de cartes, en soi, n'a jamais suivi chez moi de stratégie particulière. J'avais bien tenté parfois de compter les atouts, je perdais toujours le fil très rapidement. J'y avais renoncé, préférant me fier à mon instinct.

Ma manière de faire était incompréhensible pour Katell. Elle avait passé sa vie à compter, à calculer, à élaborer des plans d'investissement, d'amortissement, des stratégies. Et cela me rassurait de la sentir si étrangère. Je ne percevais rien en elle qui fasse écho à une part de moi. Mais peu à peu, parce que le temps fait son œuvre, que des personnes se retrouvant chaque soir autour d'une table finissent par échanger autre chose que des histoires de « roi sec » et de « petit au bout », j'ai compris qu'il y avait entre Katell et moi bien davantage que les soixante-dix-huit cartes du tarot.

Elle s'était dressée seule dans un monde d'hommes, parmi ses frères, contre ses maris, pour ses fils. Le sens du devoir lui avait servi de radar. Prendre en charge, tenir les autres à bout de bras, agir, résister, se battre. Et tout cela pour quoi, au fond ? Rien de très personnel. Katell avait d'abord voulu sauver la mémoire de son père en perpétuant son entreprise, puis faire rayonner son nom, celui de ses frères, offrir à ses fils un avenir hors normes, la vie la plus confortable, les meilleures formations. Elle n'avait pas été qu'un soldat du sacrifice, non. Elle s'était prise au jeu là aussi, celui de la bataille pour elle-même, comme par réflexe, le sens du combat chevillé au corps. Quant à moi, malgré un tempérament opposé à celui de Katell, contrairement aux apparences, je n'avais pas traversé mon existence avec désinvolture. J'avais essayé de satisfaire les désirs de mes proches. Ceux de mes grands-parents de me voir suivre des études efficaces comme le droit ou l'économie, ceux de ma mère dont je m'étais occupée jusqu'à la fin au détriment de ma propre vie, ceux des hommes qui m'avaient voulue conforme à leur fantasme d'épouse ou d'amante, ceux de ma fille qui avait été une adolescente exigeante, ceux de ma compagne qui, ne supportant pas mon sens du devoir, tentait de m'inculquer celui du plaisir, notion qui m'était presque inconnue à son grand désarroi, au mien aussi, car être mise en demeure de vivre selon des principes de plaisir me confrontait à une véritable situation d'échec. Était-ce pour cette raison que j'avais fini par la tromper, de surcroît avec un homme dont je n'avais pas très envie ? Pour fuir ce bonheur que, malgré tous mes efforts, je ne parvenais pas à attraper ?

Katell, bourrue, brutale, gouailleuse, possédait un cœur prêt à tous les sacrifices. Il avait lâché il y a peu, lui laissant une cicatrice épaisse tout le long du sternum. Si la plupart des femmes ici scrutaient les signes d'une beauté revenue, ce n'était pas le cas de Katell, qui ne s'était jamais trouvée belle. Après huit semaines, elle a été stupéfiée, comme si auparavant cette cure comportait une forme d'abstraction qui l'empêchait d'y adhérer complètement, de constater que sa cicatrice avait disparu. La trace, qui était d'abord devenue peu à peu blanche et fine, avait tout bonnement disparu. Elle m'a prise à témoin.

– Regarde de près, m'a-t-elle demandé. Dis-moi franchement.

– Il n'y a rien, pas une marque.

Je ne mentais pas. Non seulement la cicatrice avait disparu, mais la peau de sa gorge n'était clairement plus celle d'une femme de soixante ans, striée et fragile. Elle devenait ferme et lisse.

– Je me sens en pleine forme, a répété Katell. Dès demain, je reprends la course. Tu devrais venir avec moi, ça te ferait du bien. Avec mon cœur et mes poumons remis à neuf, lorsque je rentrerai chez moi, je pourrai même me remettre à fumer. Depuis l'hôpital, c'était insupportable de devoir me priver comme ça !

J'ai tourné les talons. Avec mes problèmes de souffle, de genoux, de dos, courir n'était plus possible pour moi. La cigarette, j'avais dû l'abandonner aussi pour des raisons de santé, et le manque vrillait ma tête en permanence. Toutes mes congénères me présentaient un aspect négatif de moi qu'il eût été bon de corriger. Et toutes me vantaient au moins un aspect désirable de leur cure. J'en venais à me demander si toutes ces femmes étaient bien réelles, si elles n'avaient pas été conçues spécialement pour moi par le docteur Faust afin de me tenter et me convaincre de signer son horrible contrat.

Toutefois, je repoussais cette interprétation orgueilleuse. Pourquoi mon âme aurait-elle présenté un intérêt pour le diable ? Je n'avais pas eu une vie de sainte, ni même de vraie croyante. Je ne voyais pas d'enjeu diabolique à m'arracher à mon destin minuscule.

Zoé

Chaque matin, Zoyad m'offrait de l'herbe et une phrase. « Regarde loin, regarde près » était celle du jour. Ces maximes m'évoquaient les *fortune cookies* des restaurants chinois. On a beau les méditer, elles n'apportent pas grand-chose car elles sont aussi creuses que les biscuits qui les enveloppent. Je lui ai fait part de ma théorie des âges et de ma conclusion :

– Nos personnalités sont associées à un âge précis.

– C'est intéressant, m'a répondu Zoyad. Quel âge as-tu ?

– Dix-huit ans.

– Vraiment ? Lorsque tu avais dix-huit ans, étais-tu légère comme le vent, insouciante comme la joie et gourmande comme le printemps ?

– Lorsque j'avais dix-huit ans, j'étais lourde comme une pierre attachée à son socle, soucieuse d'un avenir incertain et impatiente de me réaliser. Comme la plupart des jeunes gens dotés d'un cerveau.

– Ha ha ha ! Tu crois que le cerveau est lié au malheur ? C'est tout le contraire. Penser te libère. Je ne dis pas penser à quelque chose. Je dis penser tout court, sans rien derrière. Si tu penses au monde tel qu'il est, tu as peur, si tu penses à la mort inéluctable, tu es triste, si tu penses à ce qui t'attend ou qui ne t'attend pas, tu es inquiète. Mais si tu penses avec le monde créateur, avec le ciel et la terre, avec le vent et le soleil, avec la vie qui t'est offerte, tu t'apaises. À dix-huit ans, tu avais cent ans, mon petit. À cinq ans, tu avais déjà cent ans. Aujourd'hui, tu as toujours cent ans. C'est pourquoi ton corps te fait souffrir et tu ne sais pas te réjouir.

– Je veux bien admettre votre hypothèse. Ça ne remet pas en cause ma théorie de l'âge, seulement le fait que j'ai peut-être mal évalué le mien. Soit, j'ai cent ans. Dans ce cas, je vous ressemble, je suis déjà, à l'intérieur de moi, une sorte de Zoyad.

– Crois-tu ? C'est toi qui as cent ans, pas moi.

Zoyad m'a de nouveau souri de toute son absence de dents.

– Quel est votre secret ? Pourquoi êtes-vous si légère ? Qu'êtes-vous censée symboliser ?

– Tout de suite les grands mots ! Je ne suis pas un symbole, mon petit, je suis moi. Demain, tu comprendras mieux. Et cesse de te soucier.

J'ai laissé Zoyad très en joie, assise en tailleur sur le seuil de sa cabane, à fumer sa pipe. Peut-être avait-elle raison, j'étais née vieille. Insomniaque déjà. Un bébé qui ne dormait jamais. La veille de mes cinq ans, j'avais éprouvé l'immense nostalgie de ne plus jamais avoir quatre ans. Je m'en souvenais très nettement, et je ne m'étonnais plus de ce que Zoyad ait cité cet âge en exemple, elle lisait en moi, ainsi que le faisait le docteur Faust, comme si elles avaient vécu toute ma vie à mes côtés.

Le lendemain, Zoyad n'était pas devant sa maison. Ni à l'intérieur. Plus aucune trace d'elle. Un peu plus loin, sur le ponton de bois, une petite fille que je n'avais encore jamais vue sautait à la corde.

– Hé toi ! l'ai-je hélée en m'approchant. Sais-tu où est Zoyad ?

– Un, deux, trois, nous irons au bois..., chantonnait la gamine sans s'arrêter.

– Bonjour, ai-je repris, consciente de ma grossièreté. Je suis Sydney, qui es-tu ?

– Bonjour, je suis Zoé, a répondu l'enfant en cessant de sauter.

Ses deux petites nattes brunes qui lui volaient devant les yeux sont retombées sagement le long de ses joues. Ses grands yeux sombres brillaient d'excitation.

– Tu m'emmènes faire une promenade, dis ?

– Où sont tes parents ? Sais-tu où se trouve Zoyad ?

– Mmm, a-t-elle fait en haussant les épaules et en écartant les mains.

Zoé avait ce sourire espiègle que je reconnaissais. Ses deux incisives supérieures manquaient. Ses yeux riaient. Sans doute était-elle ma leçon du jour.

– Tu n'as pas besoin de moi pour te promener, lui ai-je fait remarquer, mais si tu veux, je t'emmène.

– Chouette ! a-t-elle lancé en prenant ma main. Il ne passe pas grand monde par ici, tu sais.

– Je sais. Comment as-tu fait ?

– Comment j'ai fait quoi ?

– Te changer en petite fille ?

– Qu'est-ce que tu racontes, je suis une petite fille ! Tu dis des choses vraiment bizarres, tu es sûre que tu vas bien ?

Elle me regardait avec sollicitude.

– Non, je ne suis pas sûre. Ce que je veux dire, Zoé, c'est que je vois bien que tu es une petite fille, mais peut-être n'es-tu pas qu'une petite fille.

– Et toi, tu es qui ? De ce que je vois, tu es une femme un peu vieille et un peu triste.

– Ce n'est pas faux.

– Elle est où, ta petite fille à toi ?

– En Australie.

– Pas celle-là, l'autre.

– L'autre ? Mais je n'ai qu'une seule fille !

Zoé m'a regardée avec commisération. J'ai ressenti une soudaine tristesse.

– Ah, je comprends... Eh bien, cette petite fille-là, je l'ai abandonnée quelque part sur une lande de Bretagne, elle a disparu avec ma famille et ma maison. À moins qu'elle n'ait jamais existé. C'est possible aussi. N'est-ce pas ce que tu m'as dit hier ? Que j'avais toujours été vieille ?

– Hier, je ne te connaissais pas. Je te vois aujourd'hui pour la première fois. Tu es vraiment bizarre, toi.

– Tu ne te souviens plus ?

La petite a froncé les sourcils et m'a considérée avec un regard noir. Je n'ai pas insisté. J'ai pointé l'horizon en disant :

– Au-delà de cet océan, c'est l'Amérique.

– C'est quoi, l'Amérique ?

– Un grand continent, peuplé de gens qui pensent être très importants.

– Ils ont raison, a dit Zoé, s'ils le pensent alors tout le monde les croira. Ça doit être pour ça que tu regardes leur continent. Moi, je ne connais pas d'autre continent que cette île. Mais ça suffit pour m'amuser.

– Zoé-Yad, ai-je murmuré pour moi-même.

– Non, Zoé tout court. Pourquoi Yad ?

– *Yad* en hébreu, c'est la petite main au bout d'un bâton qui sert à suivre les lettres de la Torah. Par extension, ça veut dire « pointer, montrer ».

– Je ne montre rien.

– Non, pas encore. Ça viendra.

– Je suis juste Zoé. Tu sais que Zoé veut dire « vie » ?

– Je sais. Tu es la vie même. C'est logique. À l'intérieur de celle qui montre la vie, il y a la vie elle-même.

– Je ne comprends rien à ce que tu dis. Tu devrais arrêter de t'embrouiller. Viens, on va redescendre dans ma cabane. Tu sais quoi ?

– Quoi ?

– J'ai fabriqué une pipe. Tu veux essayer avec moi ?

C'était si étrange de passer ma matinée assise sur une marche, à fumer la pipe en compagnie d'une petite fille. Elle parlait des nuages, des lapins, des insectes, des boutons-d'or, passant d'une chose à l'autre, comme si tout devait être embrassé d'un même regard. Je ne l'ai pas questionnée sur le miracle de la nuit. Je voyais bien qu'elle ne savait pas. Elle était une petite fille, sans vision de l'ancêtre qui l'avait abritée. Si Zoyad ne revenait pas, elle me manquerait. À côté de cette petite fille, j'avais bel et bien cent ans.

Laure

La veuve du colonel était la seule de mes compagnes avec laquelle je n'avais pas encore parlé. Rien ne m'attirait en elle. J'avais toujours redouté la rigidité de ces femmes austères, certaines de leur savoir et de leur supériorité. Enfant, elles me tétanisaient, à commencer par la première que j'aie connue, ma grand-mère. Après le départ de mon père, le retour de ma mère au bercail, elle avait mis de l'ordre dans mon enfance avec une rigueur toute militaire, jugeant mieux que tout le monde ce qui devait me convenir (me tenir droite, manger proprement, rapporter de bonnes notes, être polie, propre, être gentiment habillée, plaire à tout le monde) et ce qu'il me fallait éviter à tout prix (hausser le ton, fréquenter des garçons, lire tard le soir, dormir dans le lit de ma mère, envisager des études sans potentiel économique fort). Plus tard, dans ma vie professionnelle, j'avais fui comme la peste ces femmes hautaines et sûres d'elles. Même si Zoyad m'avait presque convaincue de ma vieille âme, par de nombreux aspects j'étais restée une enfant incertaine, complexée de ne pas pouvoir présenter à mes camarades une famille composée normalement d'un père, d'une mère et d'une fratrie, doutant d'avoir la moindre chose intelligente ou originale à exprimer, ce qui avait longtemps fait de moi une grande muette en société.

Aristocratie, éducation militaire, Laure n'avait pas dû avoir une enfance plus drôle que la mienne mais au moins était-elle dans les normes de son milieu, ne s'était jamais sentie en décalage, certaine de son utilité, de la nécessité de son existence. Elle avait dû être assez belle. Il y a peu, sa peau était chiffonnée mais, déjà, elle retrouvait une certaine élasticité. Sans doute Laure deviendrait-elle la plus séduisante des femmes de ce groupe, encore que sous les traits massacrés d'Isabella il ne soit pas exclu que se cache une jolie fille. Pour l'heure, la raideur de ses membres, le pli inversé de ses lèvres justifiaient ce peu de sympathie que Laure suscitait chez moi.

Lorsqu'elle nous a rejointes à la table de tarot, nous lui avons expliqué les règles avec patience. Au fur et à mesure que nous progressions, elle s'est détendue. Ce n'était pas si différent du bridge finalement. Moins subtil au moment des annonces mais plus hasardeux dans le jeu de la carte. À cinq se forment forcément des équipes et, aux cartes, qui dit équipe dit comportement révélateur : ceux qui invectivent leur partenaire en rejetant l'échec sur l'autre, ceux qui ne disent jamais rien mais n'en pensent pas moins, ceux qui parlent sans arrêt, ceux qui disent qu'ils s'en fichent alors que c'est faux, ceux qui s'en fichent vraiment, ce qui n'était pas le cas de Laure de Jarmon. Les bridgeurs ne s'en fichent jamais. La moindre erreur d'appréciation les plonge dans un abîme de culpabilité. En cela, elle s'accordait parfaitement avec Katell. Deux acharnées de la compétition. Colette se plaisait à se moquer de leur sérieux, Thaïs à les exaspérer en excitant leur ressentiment. La manière dont les personnalités s'exposent à leur insu est une des raisons qui me font tant aimer le jeu, mais la première d'entre elles est que, lorsqu'on joue, on ne se sent jamais seul.

Laure parlait peu de son défunt mari, pas tellement de ses enfants non plus. Elle nous avait dit dès le début :

– Une bonne fois pour toutes, j'en ai eu cinq, je leur ai donné presque toute mon énergie, tous s'en sont bien sortis, et maintenant ça suffit. Si j'ai voulu recommencer ma vie, ce n'est pas pour continuer à me préoccuper de mes enfants, c'est pour avoir une vie à moi, justement, rien qu'à moi. Je te comprends, Colette, de vouloir profiter de ta famille, de tes petits-enfants. Et je t'admire. Consacrer ton temps et ta vigueur retrouvée à des gamins, c'est plus que louable. Moi, j'en ai dix-huit, des petits-enfants, dont cinq bébés, et ça ne va pas s'arrêter là ! Je me souviens à peine de tous leurs prénoms. Et pourtant, aucune mère n'a été aussi présente que moi, toujours sur les routes à conduire l'un ou l'autre à une activité, le poney, le tennis, les scouts, la musique, la danse, le foot. Entre l'école et l'extrascolaire, entre mai et juin, je n'avais pas moins de dix-sept spectacles de fin d'année à honorer. J'ai passé ma vie chez le médecin, à entendre : « J'ai mal à la gorge », « J'ai mal au ventre », « J'ai mal à la tête », « Machin m'a tapé », « Truc m'a fait mal », « Je ne veux plus aller à l'école ». Franchement, j'ai fait ce que j'avais à faire, je ne veux plus me sentir responsable. Le jour où j'ai parlé de refaire ma vie avec quelqu'un, ma fille a poussé les hauts cris. Crime de lèse-majesté : Monsieur papa ne se remplace pas ! Personne n'a jamais pensé à moi, personne ne s'est jamais demandé ce que je pensais ou ce que je ressentais. Alors si je peux devenir un peu égoïste, je ne vais pas demander pardon.

– Eh bien, ça ne fait pas envie, cette description, a dit Thaïs. Finalement, je ne suis pas sûre que j'aurais aimé avoir des gosses. Un peut-être, pour savoir ce que c'est, comme Sydney. Un, ça ne doit pas être trop prenant.

– Un, c'est prenant de la même manière, ai-je protesté, tu lui donnes toute ton attention. Pour moi, la différence ne se joue pas entre un et cinq enfants mais plutôt entre zéro et un. Entre devenir mère ou pas. Une fois que tu l'es, le nombre importe peu. Je n'ai pas été une très bonne mère, je pense, j'étais trop jeune, trop seule, trop inquiète, mais je ne regrette rien. La maternité était comme un tuteur sur lequel m'appuyer et grandir. J'ai pris la plupart de mes décisions en fonction de ça, rester salariée, abandonner un amant, en choisir un autre plus adapté. Si je compte les moments festifs de ma vie, il n'y en a pas eu tant que ça. Le devoir a guidé mes pas bien plus que le plaisir. Le plaisir, je sais à peine ce que c'est.

– Le plaisir ! s'est écriée Laure. Si c'est d'orgasme que tu parles, eh bien moi, je ne sais même pas ce que c'est ! Cinq gosses il m'a faits, mon colonel, et pas un seul orgasme.

– Non ! se sont exclamées Thaïs et Colette en même temps.

À observer Katell, j'ai compris qu'elle, comme moi, comme Laure, pouvions tout à fait envisager qu'une vie de couple puisse passer à côté. Ça m'était arrivé aussi. Heureusement, je n'avais pas eu qu'une seule vie de couple.

Faust et Marguerite

– Le plaisir, répétait le docteur Faust, assise au fond d'un fauteuil crapaud en velours bleu.

Dans le petit salon feutré du premier étage du bâtiment central, Margo l'écoutait, debout devant un secrétaire en bois de rose.

– Le plaisir, n'est-ce pas ce qui finit par avoir raison de toutes les résistances ? N'est-ce pas la clé de notre succès ? N'est-ce pas toujours leur plus grand regret, à toutes ces femmes ? N'avoir pas suffisamment profité des plaisirs liés à la jeunesse, à la vie ? Si elles savaient à quel point tout cela n'est qu'illusion. Toutes les vies sont plus ou moins ratées, quel que soit le bout par lequel nous les considérons. Revenir en arrière ne change rien. Personne n'embrassera jamais toutes les connaissances du monde, personne n'éprouvera jamais tous les plaisirs convoités. La frustration, le regret, la nostalgie sont inhérents à la condition humaine.

– Leur ignorance est notre fonds de commerce, a rétorqué Margo.

– J'ai pitié parfois.

– Vous vieillissez.

– J'en suis convenue depuis des lunes. Nous n'allons pas revenir là-dessus.

– Non, mais c'est moins drôle, reconnaissez-le.

– Pour moi, ce rôle n'a jamais été drôle. J'ai piégé tellement d'âmes que j'en ai oublié le compte.

– Un milliard sept cents millions quatre-vingt-douze mille neuf cent sept. Et bientôt un milliard sept cents millions quatre-vingt-douze mille neuf cent huit, si nous nous y prenons convenablement.

– Rien n'est moins sûr, a répondu Faust avec lassitude.

– Vous pourriez l'emporter, a insisté Margo en s'asseyant au pied du fauteuil crapaud. Voilà quelques décennies, vous n'en auriez fait qu'une bouchée, de la romancière.

– J'en ai convaincu de plus coriaces, il est vrai.

– Elle pourrait connaître le succès. Promettez-le-lui.

– Elle n'y attache pas une grande importance. J'ai sondé son appétit de reconnaissance, il n'est pas nul, mais insuffisant pour notre affaire.

– Séduisez-la. Moi, elle me fuit. Ce n'est pas faute d'avoir tenté. Mais vous, elle vous plaît, non ? Son caractère ressemble au vôtre.

– Si nous l'avions attrapée plus jeune, elle aurait été une proie plus facile, je reconnaissais ce qui l'animait autrefois, même recherche d'absolu, même désir brûlant,

même soif de savoir. Elle me ressemblait, oui. Mais elle a renoncé.

– À quel moment ?

– Je ne saurais dire. Elle s'est éteinte de manière progressive, nous nous y sommes prises trop tard.

– C'est vous qui vous éteignez.

– Aussi, je le reconnais.

– Alors, raison de plus pour persister. Elle est votre dernière chance.

– Vous ne m'aimez plus, Marguerite.

– Au contraire, je cherche à sauver votre âme, vous le savez bien.

Dans la semi-pénombre, il n'échappait pas à Margo que Faust souriait.

Zoé-Yad

À mon grand soulagement, après sept jours à regarder l'enfant sauter à la corde, à marcher à ses côtés en lui tenant la main, à écouter ses ritournelles et à consoler ses pleurs en la câlinant, j'ai retrouvé la vieille assise sur son seuil. Elle fumait sa pipe en se balançant d'avant en arrière.

– Te voilà, toi, m'a-t-elle apostrophée. Tu avais disparu. Tu voulais arrêter de fumer ?

Elle s'amusait de sa question comme d'une bonne blague. Je me suis émue de cette mauvaise foi.

– Voilà une drôle de manière de saluer ma constance, ai-je répondu. Il existait d'autres manières de me faire comprendre le secret de la joie de vivre.

– Ah, le secret de la joie de vivre, comme tu y vas ! Alors dis-moi, qu'as-tu compris ?

– C'est simpliste comme démonstration. L'âge est dans la tête. Votre façon légère et joyeuse d'appréhender l'existence est celle de l'enfant qui est en vous. Car, fondamentalement, vous êtes Zoé.

– Je n'ai jamais caché être Zoé, c'est toi qui m'as nommée Zoyad.

– Ne jouez pas avec les mots. Je parle de cette petite fille à nattes que vous m'avez mise dans les pattes.

– Tu l'as reconnue ?

– Évidemment, je ne suis pas stupide.

– Stupide ? Bien sûr que non. Peut-être pas suffisamment clairvoyante.

– Ce n'est pas faute de chercher, ai-je soupiré.

– Je le vois bien. Je t'aide comme je peux. Tu te heurtes à tous les écueils. Mais ça viendra, tu finiras par comprendre.

– Racontez-moi votre vie, Zoyad. Comment êtes-vous arrivée ici ?

– Je ne sais plus. Il me semble n'avoir jamais quitté cette île. N'est-elle pas un paradis ? Contemple cette vue sur l'eau turquoise, les bleus infinis de l'horizon et les verts de la nature, sens la douceur de l'air sur ta peau. Qu'aurais-je pu vouloir de plus ?

– Faire quelque chose, je ne sais pas, moi…

– Écrire ?

– Par exemple !

– Pour quoi faire ?

– Comment ça ? Vous me demandez à quoi sert d'écrire ?

– Oui, je te le demande, a insisté Zoyad, très sérieuse.

– Eh bien, déjà à comprendre.

– À comprendre quoi ?

– Le sens de ce que nous faisons. À porter un regard sur la vie, peut-être finit-elle par trouver du sens.

– A-t-on besoin d'écrire pour penser ?

– Pour moi oui, ce sont les mots qui affinent les idées.

– Et non les idées qui induisent les mots, a complété Zoyad. C'est bien une pensée d'écrivain, de croire que les mots façonnent le réel.

– Pourtant c'est le cas.

– Pourquoi pas. Donc tu écris pour comprendre le sens de la vie. Et s'il n'existait aucun sens, ton écriture serait vaine.

– Non. L'écriture est un sens en soi. J'ai une amie religieuse, elle reconnaît avoir parié toute sa vie sur le Christ et la résurrection. Comme vous, je lui ai demandé, il y a bien longtemps : « Et si Dieu n'existait pas ? Si tout cela n'était qu'une fable ? » Elle a répondu : « Je ne regretterais rien car cela a donné du sens à ma vie. »

– Ça se tient. N'écris-tu pas aussi pour occuper le temps ? Combler un vide ? Séduire tes contemporains ? Être admirée ? Rencontrer des personnes qui te paraissent plus intéressantes ? N'est-ce pas à la fois une fuite et une vanité ?

– Vous pouvez ajouter la peur aussi.

– La peur ?

– Oui, la peur de mourir sans avoir rien vécu, sans avoir rien laissé, la peur des journées perdues, du temps qui s'échappe, de ce monde que je ne comprends pas. J'accepte toutes les raisons que vous avez énumérées.

Mais laissons l'écriture et revenons à ma question première. Ne vous sentez-vous jamais seule devant cette maison ? N'avez-vous pas envie de rencontrer d'autres personnes ?

– J'en rencontre, mon petit, n'es-tu pas en ce moment à côté de moi en train de me parler ?

– Certes, mais c'est limité. Nous ne sommes pas réellement en interaction, vous et moi. Cette petite visite quotidienne ne remplit pas une journée.

– Toujours cette obsession du temps. Occuper le temps, tu ne penses qu'à ça. Si tu craignais moins le vide, tu comprendrais que le temps n'est rien. Le temps n'existe pas. Et ne crois pas que notre interaction soit limitée. Elle est infinie, au contraire. Tiens, je te livre ma phrase du jour : « La lumière n'est pas faite pour être regardée mais pour aider à regarder ailleurs. »

Je tentais d'apercevoir dans l'éclat de ses yeux presque noirs le secret de ce qui m'avait échappé. Je me suis souvenue de mon interrogation, avant qu'elle ne me laisse en gage la petite fille et sa corde à sauter : *Si nous sommes ici sur l'île du diable, où est le diable ?* Se pourrait-il que cette petite vieille au sourire enfantin en soit la manifestation ?

– Ne te trompe pas de cible, mon petit. Tu sais regarder dans les bonnes directions mais tu te perds souvent dans tes interprétations.

Zoyad s'amusait de nouveau. Cette façon de se moquer m'exaspérait tout en excitant mon imagination.

Car elle semblait indiquer qu'il existait réellement une explication à ma présence sur cette île, qu'il me fallait découvrir. Et, bien sûr, cela donnait un sens à mes journées presque vides. J'ai pensé à la pièce de Sartre que j'avais tant aimée vers dix-huit ou dix-neuf ans, *Huis clos*, « L'enfer, c'est les autres », tout ce que l'on a envie d'entendre à cet âge. Même alors, je savais déjà, confusément, que l'enfer, c'est soi-même, comme je m'en rendrais compte tout au long de ma vie. Peut-être n'étais-je venue ici que pour trouver une nouvelle définition de l'enfer. Mais je ne voyais pas ce que l'enfer pourrait être d'autre que ce que nous nous infligeons à nous-mêmes, en termes d'exigence, de punition, d'autoflagellation. Du reste, sur cette île, je ne me sentais pas en enfer du tout. Certes l'angoisse d'avoir été prise dans un piège ne me lâchait pas complètement, mais j'avais vécu toute ma vie avec ce fond d'angoisse qui s'accrochait à tout et n'importe quoi : *Finirai-je ce travail à temps ? Serai-je à la hauteur ? Ma fille sera-t-elle heureuse ? Trouvera-t-elle sa voie ?...* Ces questions ne m'avaient jamais quittée. Ici, je n'avais à me soucier que de moi. Pas de travail, pas d'enfant, pas de parents, pas d'amour, rien qui puisse exciter mon anxiété naturelle. Au pire, je perdrais la vie, ça ne me serait pas une si grande perte. Mais, par principe, je n'abandonnerais pas mon âme. Non que j'y tienne absolument, mais c'était finalement la seule chose qui m'appartenait en propre. Je tenais à la garder intacte. Je préférais laisser mon corps prendre les coups. Je n'avais jamais été très attachée à lui.

Zoyad m'observait avec attention, comme si elle suivait l'évolution de ma pensée. Elle a rempli sa pipe de nouveau.

– Tu vas dans la bonne direction, mon petit.

Cette vieille sage pouvait tout aussi bien abriter un démon. Lorsque j'ai pris congé, elle m'a lancé :

– Salue Johanna Faust de ma part !

L'âge de Faust

En m'écoutant, le docteur Faust prenait des notes qu'elle devait joindre à mon dossier lorsque je quittais son cabinet. Elle me laissait parler, intervenait peu, toujours d'une voix basse et douce à la manière des psychanalystes. À la réflexion, il me semblait être entrée en analyse.

– Ne serait-il pas pertinent de m'allonger sur un divan ? ai-je fini par demander.

– Vous le souhaiteriez ?

– N'est-ce pas ce que vous attendez de moi, que je vous livre des images surgies de nulle part assorties de propos désordonnés que vous pourriez interpréter à votre guise ?

– Pour cela, il faudrait nous voir plus souvent, a-t-elle objecté. Par ailleurs, je ne suis pas psychanalyste. J'aime assez vous avoir en face de moi. Vos expressions en disent aussi long que vos mots.

Sa manière de me scruter avait tendance à me mettre mal à l'aise. À devoir soutenir son regard, j'ai constaté que ses yeux étaient d'un vert changeant, virant parfois au gris, parfois au brun. Jeune, elle avait dû être vraiment belle. Mais que pouvait signifier « jeune » dans son cas ? Quand avait-elle été jeune ? Au XVe siècle ? Il y a trente ans ? Quand avait-elle commencé à se laisser vieillir ?

– Vous êtes trop accrochée à ce que vous connaissez, a-t-elle déclaré alors que je n'avais encore rien dit.

Je m'étais habituée à ce qu'elle devance mes pensées. Cela ne m'inquiétait plus autant qu'au début. Au contraire, je trouvais presque reposant d'être comprise sans avoir à m'expliquer. Dans mon ancienne vie, j'aurais pu être séduite par une femme comme elle en dépit de notre différence d'âge. L'âge toujours. J'y accordais décidément trop d'importance. Chez moi, ce n'était pas lié à l'approche de la vieillesse ni même de la mort. Toute petite, je l'ai dit, j'avais souhaité arrêter le temps, demeurer une éternelle enfant. Pourtant, mon enfance n'avait été ni insouciante ni festive. Je sentais peser sur mes épaules les ambitions déçues de ma famille. Cette pression m'accablait bien souvent.

– Tôt ou tard, vous devrez bien reconnaître que les années ne sont que convention, a décrété Faust.

– Si tel était le cas, vous n'auriez pas éprouvé le désir de revenir en arrière. Le Faust que vous étiez alors accordait de la valeur aux années. Au point de sacrifier l'essence même de son être.

– Comme vous y allez ! Relisez Goethe. Je n'ai pas cédé

aux sirènes de la jeunesse, mais à celles de la connaissance et du plaisir. Et puis, que savez-vous de l'âme ? Peut-être n'est-elle qu'une légende, une construction humaine pour asservir les corps ici-bas.

Cette remarque m'a prise au dépourvu. Notre présence sur cette île me paraissait être une preuve tangible de l'existence de l'âme, justement.

– Si vous convoitez mon âme, c'est donc qu'elle existe, lui ai-je fait remarquer sèchement.

– Vous vous racontez tellement d'histoires, Sydney, que vous ne parvenez plus à démêler le vrai du faux. Ne vous inquiétez pas. Même si vous vous obstinez à refuser ce que j'ai à vous offrir, je ne regrette pas votre présence, elle est très divertissante pour moi.

– Je suis bien aise de vous distraire, ai-je maugréé. Mais revenons-en à l'âge, puisqu'il est désormais admis que c'est là mon obsession. Quel âge avez-vous, Johanna ? Cinq cents ans ?

– J'ai l'âge que vous me donnez. Soixante-cinq ? Je me trompe ?

– Non, c'est ce que j'aurais dit, ai-je reconnu. Mais pourquoi soixante-cinq ? Puisque vous pouviez choisir n'importe quel aspect physique, pourquoi celui-là ? N'est-ce pas en échange d'une éternelle jeunesse que vous vous êtes damnée ?

– Qui vous dit que je ne me suis pas lassée de cette éternelle jeunesse ?

– Certes, c'est une hypothèse plausible, mais je n'y crois pas.

Je me suis lancée de nouveau dans l'exposition de ma théorie des âges, fixés une fois pour toutes.

– C'est intéressant, a reconnu le docteur Faust. Je serais assez d'accord pour me reconnaître un âge mental de soixante-cinq ans. C'est un très bel âge. Un âge que j'aurais pu porter avec panache dès ma naissance. L'expérience est acquise, plus rien n'est à démontrer. Le corps est toujours suffisamment alerte pour nous porter mais il n'est plus un enjeu de séduction.

– Plus un enjeu de séduction, Johanna ? Vraiment ?

J'ai ri. Peut-être me suis-je fourvoyée, mais j'aurais juré qu'en cet instant les yeux de Johanna Faust brillaient d'un vert flamboyant inhabituel.

Acte III

Nos moi multiples

L'été

L'attention de mes compagnes était à présent entièrement concentrée sur leur apparence physique et les ressentis de leur nouveau corps. Le visage d'Isabella avait retrouvé forme humaine. La bouche, les pommettes, les joues avaient dégonflé, les yeux, le front s'étaient détendus. Elle n'avait pas encore vingt ans mais sa beauté naturelle refaisait surface dans un ensemble légèrement strié de ridules.

– J'ai vieilli, m'a-t-elle dit, et finalement ce n'est pas si mal. Au moins, je ne suis plus un monstre.

Nous n'étions qu'à mi-séjour, il lui restait trois mois pour restaurer sa fraîcheur. Katell n'était plus essoufflée, elle courait matin et soir, entraînée par Dorian, et avait repris un entraînement de boxe avec Bastian. La forme ne retirait rien à l'aspect revêche qui faisait partie de sa nature profonde. Colette parvenait désormais à suivre les séances quotidiennes de yoga dispensées par Hermione. Elle s'émerveillait de toucher de nouveau ses pieds avec les mains, de bouger la tête et la taille sans grimacer. Thaïs faisait la mystérieuse mais, pour avoir recueilli ses confidences, et occupant la chambre mitoyenne de la sienne, je savais que Dorian la rejoignait chaque nuit. Lors d'une insomnie, j'ai observé le manège du beau réceptionniste. Il quittait la comédienne vers trois heures pour se rendre chez Laure, la veuve du colonel, dont il ne prenait congé qu'au petit jour. Ni l'une ni l'autre n'apparaissaient plus au petit déjeuner. Le matin, elles récupéraient de leurs exploits de la nuit. Leurs soins étaient groupés l'après-midi. Tout cela me semblait trop bien organisé pour être le fruit du hasard. Les deux femmes, ayant peu de centres d'intérêt communs, hormis nos parties de tarot, se parlaient à peine, ignorant ainsi qu'elles partageaient le même amant. Il me paraissait inévitable qu'elles en prennent un jour conscience. Je ne doutais pas que le conflit était destiné à surgir. Pour quel bénéfice ? Était-ce cela l'enfer, faire renaître le désir pour mieux le crucifier ? Et pourquoi avoir placé justement ces deux femmes-là en situation de rivalité ?

Je n'étais pas seule à sentir l'atmosphère explosive de cet été. D'autant qu'une forme d'étrangeté s'immisçait dans les temps morts qui ponctuaient nos journées entre nos activités. La première à mettre le doigt sur ce qui nous baignait d'irréalité a été Isabella, sans doute parce que, plus que nous toutes, elle était coutumière des vacances sur les côtes ensoleillées.

– Comment se fait-il qu'aucun touriste n'accoste jamais sur cette île, pourquoi aucun bateau ne mouille-t-il jamais dans les anses ? D'ailleurs, vous avez aperçu des bateaux, vous ?

Non, aucune d'entre nous n'avait aperçu la moindre voile à l'horizon. Or nous nous trouvions à moins de deux heures d'une région ultra-touristique, peuplée de marins du dimanche. Dès lors que nous avons pris conscience de notre inexplicable isolement, une forme d'angoisse s'est abattue sur notre groupe. Ce qu'elles avaient négligé de voir, occupées qu'elles étaient par les traits de leur visage ou la fermeté de leurs cuisses, leur sautait aux yeux depuis qu'elles étaient rassurées sur l'efficacité de leur traitement. Nous étions seules dans l'immensité de cet océan. Nous n'existions plus pour le monde réel. Ce sentiment d'abandon était renforcé par notre incapacité à entrer en communication avec nos proches. Et si nous étions prisonnières ? Et si nous nous étions vraiment offertes au diable ?

Cette anxiété initiée par la remarque pertinente d'Isabella était désormais orchestrée par Hélène et Katell pour des raisons différentes. La première s'était attelée, dans le plus grand secret pensait-elle, à son projet d'écriture. Je distinguais le soir, à travers les voilages de sa fenêtre de l'autre côté du jardin, sa silhouette attablée au bureau. Je voyais le matin sa mine se renfrogner au fil des semaines. J'avais connu cette impuissance. Entre quinze et vingt-cinq ans, j'avais commencé de nombreux récits dont je jetais les premiers chapitres à peine les avais-je relus. Je désespérais de moi-même. Dix années avaient été nécessaires pour accoucher de mon véritable premier roman. Mon grand-père m'encourageait à me concentrer sur mes études et à attendre la retraite pour m'adonner à cette activité peu rentable. Par chance, je n'avais pas tenu compte de ses conseils car, m'étais-je aperçue avec les années, l'âge rend plus difficile la création, le cerveau se concentre moins facilement, la fatigue est plus envahissante. Seules l'expérience, l'habitude, la certitude que c'est possible puisque déjà réalisé permettent de surmonter l'épreuve de la création. Je pouvais ressentir l'effroi d'Hélène. Et si le sacrifice de son âme n'avait servi à rien ? Il ne suffisait pas d'être cultivé pour être inspiré, d'avoir étudié la grande littérature pour construire ses propres romans. Il fallait autre chose sur lequel Hélène butait avec terreur. Je sentais qu'elle bouillait de me questionner mais son orgueil la retenait. Pourquoi mes textes avançaient-ils et pas les siens ? La réponse tenait en quelques mots, foi, expérience, rituel quotidien, ténacité. Tout roman, à ses débuts, est une avancée dans l'obscurité. Les lumières s'allument peu à peu. À mi-chemin, le découragement menace. La véritable clarté n'apparaît qu'à la fin. Il faut accepter l'inconnu. Pour une littéraire du niveau d'Hélène, avec quarante-cinq ans de rigueur intellectuelle derrière elle, ça relevait du saut en parachute. J'aurais pu lui dire tout cela, elle se serait détendue car elle disposait de nouveau de nombreuses années devant elle pour s'accoutumer à cette nouvelle démarche, mais je voyais à sa manière de se recroqueviller sur elle qu'elle peinerait à surmonter l'échec de ses premiers essais.

Katell aussi contribuait à électrifier l'atmosphère. Elle avait retrouvé suffisamment d'énergie pour repartir en guerre. Elle s'impatientait de devoir perdre de précieuses semaines sur cette île alors qu'un chantier gigantesque l'attendait : reprendre en main son entreprise de construction et maintenance de piscines et faire boire le bouillon à celle de son concurrent et ancien amant. Il nous était impossible de tenir le compte exact des jours restants car nous ne disposions d'aucun calendrier. Notre estimation ne reposait que sur les progrès des unes et des autres, ainsi que sur le climat devenu presque tropical. Je me gardais de dire que le climat me semblait avoir peu changé depuis notre arrivée. Elles étaient toutes à fleur de peau. Cela ne pouvait être dû à la seule remarque d'Isabella sur l'absence d'estivants. Désormais, toutes avaient retrouvé leurs cycles périodiques et les sautes d'humeur accompagnant les premières années de la puberté.

La nature de Faust

Dès mon arrivée sur l'île, j'avais remarqué que je partageais avec le docteur Faust mon goût pour la marche. Je l'apercevais, au loin sur la lande, chaussée de bottes lui permettant de passer sur les rochers, à travers les ajoncs. Afin de respecter son calme, sa solitude, je l'évitais. Si elle avait souhaité engager la conversation, il lui aurait suffi de venir à ma rencontre. J'avais questionné Zoyad à son sujet. Venait-elle, comme moi, s'asseoir sur le perron ? Oui, bien sûr. Sinon, avec qui Johanna aurait-elle parlé ? Elle était lasse de son assistante bien qu'elles se soient beaucoup appréciées jadis. Appréciées ? Zoyad avait eu un geste vague du bras. Je pouvais imaginer ce que je voulais.

Ce jour-là, après avoir placé les pipes sur une petite table, l'herbe sèche dans une coupelle, Zoyad s'est levée pour rentrer dans sa cabane.

– Fume, mon petit, je vais me reposer. Tu peux tout prendre.

Je ne m'étais encore jamais trouvée seule dans cette position, regard porté au loin, mes doigts roulant les feuilles séchées pour les émietter davantage, n'attendant rien de cet instant, hormis l'instant lui-même. J'entendais le bruit des vagues sur les rochers, le ressac sur la plage, les mouettes tournoyant au-dessus de la mer à l'affût des poissons, des pépiements d'oiseaux qu'il m'était impossible d'identifier, des mésanges peut-être, derrière la cabane. Je sentais l'odeur de l'été, de la terre poussiéreuse et chaude, de l'iode, des algues, des pins asséchés. J'étais si concentrée sur mes perceptions que je ne l'ai pas entendue arriver. De surprise, mon cœur s'est soulevé, comme si j'avais été prise en faute. Le docteur Faust a eu un geste d'apaisement, je pouvais rester assise.

– Vous permettez que je fume avec vous ? m'a-t-elle demandé.

– Bien sûr, ai-je bafouillé.

Je ne l'avais jamais vue hors de son rôle de directrice de clinique. Par sa position sur cette île, dominant la métamorphose des corps, disposant de notre temps, envahissant nos esprits, elle m'apparaissait telle une statue du Commandeur. Il me fallait remonter une bonne vingtaine d'années en arrière pour me revoir intimidée de la sorte. Ma présence quotidienne en ces lieux ne lui avait certainement pas échappé. Elle ne s'est pas étonnée non plus de l'absence de Zoyad. Elle a saisi une des deux pipes, qui n'était ni la mienne ni celle de Zoyad. Ainsi, ma vieille roublarde n'avait pas placé cette troisième pipe là par hasard. Cette rencontre était prévue. J'étais mal à l'aise, craignant le silence.

– Les filles ont peur, ai-je dit afin d'entrer rapidement dans le vif du sujet sans me mettre en avant.

– Peur ? a répété Faust en posant un regard amusé sur mon visage contraint. Et vous ?

– Je suis plus perplexe qu'inquiète. Pour commencer, je ne me suis pas donnée au diable.

– Le diable ! a-t-elle souri. Vous y croyez donc toujours ?

– Si j'en crois votre récit, il justifie votre présence ici.

– Je ne le nie pas. Vous connaissez bien sûr cette phrase de Gustav Meyrink : « La plus insigne perfidie du diable est de faire croire qu'il n'existe pas. »

– Non, désolée, je ne connais pas.

– Ce n'est pas une faute. Gustav Meyrink était un écrivain autrichien dont la postérité est encore vacillante. Outre son *Golem*, il a écrit une *Nuit de Walpurgis*.

– La nuit de Walpurgis est celle de notre arrivée sur cette île. Cela ne m'a pas échappé. Ne la trouve-t-on pas dans *Faust* ?

– Ah quand même ! s'est-elle exclamée. Goethe, *Faust 1*. Vous, les Bretons, n'entendez rien à l'imaginaire allemand.

– Je bats ma coulpe.

– C'est dommage, la nuit de Walpurgis est un des phénomènes les plus passionnants au monde.

– La nuit du sabbat des sorcières, ai-je concédé.

– Je me doutais que cet aspect vous aurait marquée.

– J'ai écrit un roman sur la sorcellerie, ai-je expliqué.

– Je sais bien, a répliqué Faust, ayant l'air de s'en amuser.

– La nuit du 30 avril au 1er mai est aussi la fête de Beltaine, ai-je murmuré.

– Beltaine est une fête du calendrier celte, a fait remarquer Johanna Faust assez sèchement. Vous m'accorderez d'être restée allemande.

– Peu importe son nom, Walpurgis, Beltaine, nuit des sorcières. Je suppose que l'utilisation de tels symboles met vos patientes en condition.

– En ont-elles seulement besoin ? La plupart sont convaincues avant même d'avoir posé le pied sur l'île.

– Est-ce pour cela que vous tentez de me séduire, afin que je cède à votre offre promotionnelle ? Mon refus vous vexe.

– Je ne suis pas une vulgaire commerciale, a protesté Faust, faussement offusquée.

– C'est très abstrait, cette histoire de damnation, ai-je remarqué. Comme la plupart des humains, j'ai passé ma vie à me demander pourquoi j'étais moi et pas une autre personne. M'être incarnée dans ce corps me paraît un tel hasard, j'aurais pu être n'importe qui. Vous, ou n'importe laquelle de ces femmes que vous avez convoquées ici. Pourquoi moi ? C'est pour répondre à ce genre de question que nous avons inventé le concept d'âme.

– Concept ? s'est-elle étonnée. Il me semble que notre existence va bien au-delà du concept, non ?

– Votre histoire, Faust, a donné naissance à toutes sortes de fictions. Serions-nous ici dans une fiction ?

– C'est intelligemment pensé de votre part. Toutefois nous ne sommes pas dans une fiction, je vous assure que tout cela est bien réel.

– Sommes-nous mortes ? ai-je demandé.

– Mortes ?

– Oui, mortes. Qui dit diable, dit enfer. Qui dit enfer, dit mort.

– Oui, c'est logique, a-t-elle reconnu, rêveuse, mais non, vous n'êtes ni morte, ni dans une fiction, ni dans un rêve. Je ne vous mentirais pas.

– Oh ça, je n'en jurerais pas. Vous m'avez menti déjà.

– Ah oui ?

– Vous m'avez assuré que l'enjeu n'était pas de damner nos âmes.

– Vous ai-je vraiment dit cela ?

– Absolument, vous m'avez assuré que cela n'était pas dans le contrat.

– Cela est vrai, je n'ai pas menti : ce n'est pas dans le contrat.

– Je commence à comprendre votre jeu. Mais pourquoi vous donner tant de mal pour me convaincre ? Je ne suis qu'une âme parmi des milliards d'autres.

– Je ne crois pas que vous ayez compris, non, mais cela n'a pas d'importance, a-t-elle dit calmement en posant sa main sur mon bras nu.

– Toujours est-il que cette histoire d'âme est abstraite, je n'en démordrai pas. Vous me certifiez la réalité de ce décor, soit, mais qu'est-ce que cela veut dire, vendre son âme ? Vous n'ignorez pas que l'humanité est partagée sur l'existence de l'âme. Si elle n'existe pas, comme semblent le penser un nombre croissant de personnes, comment pourrions-nous la vendre ? Toutefois votre présence ici, comme la nôtre, m'assure que l'âme existe.

– Vous faites les questions et les réponses, s'est amusée Faust, sa main toujours sur mon bras.

– M'assurez-vous que l'âme existe, docteur ?

– Je ne vous assure rien, et il me semble que vous m'appeliez par mon prénom il n'y a pas si longtemps, m'a-t-elle fait remarquer en promenant ses doigts le long de mon avant-bras.

– L'heure était moins grave alors, ai-je répondu en frissonnant. Et concrètement, si l'âme existe, que signifie la donner au diable ?

– Cet aspect du marché n'est pas très difficile à comprendre. Vous n'êtes pas ici depuis si longtemps que vous ne puissiez vous souvenir du monde dont vous êtes issue.

– Les guerres, les famines, les épidémies…, ai-je commencé à énumérer.

– Non, plutôt la bêtise, l'ignorance, la vanité, la surpopulation…

– Le diable aurait-il la mainmise sur la majorité des âmes humaines ?

– Le diable officie depuis la nuit des temps.

– Il est vrai que l'Église n'a plus beaucoup de pouvoir.

– Ah, l'Église ! a-t-elle ricané. Une invention diabolique, comme toutes les religions.

– Que reste-t-il alors ? ai-je demandé, perdue. S'il existe un diable, il doit bien exister un Dieu.

– Comme vous y allez ! Vous existez, Sydney, et pourtant il n'existe pas d'anti-Sydney. Pourquoi voulez-vous trouver des contraires à tout ? Votre fantasme d'équilibre vous perdra.

– Mais enfin, toutes les âmes ne sont pas damnées !

– C'est bien le problème ! a-t-elle admis. Car effectivement vous n'êtes pas seule.

Elle se moquait ouvertement. Était-ce de ma vanité ou de ma crédulité ? Je me suis levée pour lui faire face. Elle a redressé la tête vers moi :

– Il vous reste du chemin à parcourir, Sydney. Mais avec le temps, ou l'âge, comme vous aimez le rappeler, vous pourriez atteindre un certain zoyadisme.

– Zoyadisme ? Zoyad ne serait qu'un concept en isme ? Elle le nie pourtant.

– Elle a raison. La réduire à cela n'était pas mon intention. Vous cherchez des concepts dans tout. Ne préféreriez-vous pas profiter des choses plutôt que de chercher à les nommer, les trier, les ranger, les collectionner ?

– Ça vous va bien de me le reprocher, docteur Faust ! N'étiez-vous pas l'archétype même du savant insatisfait ?

– Concept, archétype… Abandonnez ces schémas, croyez-en mon expérience, nous faisons fausse route à nous y attacher.

– Alors, c'est quoi, le zoyadisme ? La sagesse de l'âge, la paix de l'âme ?

– Les deux, et même davantage, a répondu Johanna Faust en se levant à son tour.

Elle s'est approchée de moi, a caressé ma joue, puis m'a tourné le dos pour remonter vers sa demeure.

Je me suis rassise, éprouvant le vide laissé par son départ. Je ne doutais pas que cette soudaine proximité était destinée à me corrompre. Je n'avais pas été sensible à la jeunesse, à la beauté, à la gloire, à l'apparence, au mimétisme, à la marginalisation, à rien qui me donne envie de rentrer dans le rang. Johanna Faust tentait sa dernière carte, le désir et, derrière mon possible désir pour elle, l'appropriation de son savoir, celui que j'avais tant cherché au cours de ma vie, la vérité sur le mystère de l'au-delà, l'avant et l'après de notre pauvre existence.

J'allais partir lorsque Zoyad est sortie de sa cabane, sa pipe à la main.

– Vous avez manqué le docteur Faust, lui ai-je fait remarquer.

Elle a levé le bras avec négligence.

– Johanna reviendra. Elle revient tout le temps. À demain, mon petit.

Mon anniversaire

Était-ce un effet de la paranoïa collective qui s'emparait de nous, il me semblait être perpétuellement espionnée par l'assistante du docteur Faust. Je la voyais apparaître dans chaque pièce. Elle continuait à faire ses longueurs le matin au réveil, si bien que j'ai renoncé à la piscine. Elle ne manquait jamais de venir nous saluer au petit déjeuner. Je la croisais au jardin, sur la lande, dans la bibliothèque, au salon, sur la terrasse. Je ne risquais pas grand-chose, pensais-je, toutefois ces rencontres récurrentes attisaient ma nervosité. Mes camarades n'étaient pas plus sereines. La tension montait parmi nous, notamment du fait de Katell qui ne supportait plus cet interminable séjour.

Le temps avait fini par changer un peu, nous proposant quelques nuages dans le ciel et une brise un peu plus fraîche. Nous devions arriver à la fin août, période de mon anniversaire. Il m'a paru étrange de ne pas le fêter, de ne même pas savoir quand j'aurais pu le fêter. Je me suis consolée en me disant qu'à Paris, cette année, il m'aurait été impossible d'organiser une fête. Premier anniversaire de célibataire. Avec les années de vie commune, mes amis et ceux de ma compagne avaient fraternisé, ils n'avaient pas su comment réagir à l'annonce de notre séparation. Du fait de mon incartade, les torts m'étaient imputés. Nos amis avaient naturellement pris le parti de consoler la victime, laquelle n'était pas moi, même si j'avais été abandonnée par la suite. Je reconnaissais ma faute, néanmoins il me semblait qu'un couple ne se construit pas seulement sur le désir et la fidélité, mais sur bien d'autres choses plus importantes, la famille, l'entraide, le soutien, et que ces choses demeurent au-delà de la fluctuation du désir. Je n'avais pas eu le loisir de m'exprimer sur ma conception du couple, personne n'avait tendu l'oreille pour m'écouter.

J'y pensais, toutefois, à cet anniversaire, peut-être était-il déjà passé. Hélas non, c'était sans compter avec la perversité de l'assistante du docteur Faust. Lors de son traditionnel bonjour matinal, elle a annoncé :

– Puisque notre amie Sydney a décidé de poursuivre son avancée en âge, nous pouvons lui souhaiter son anniversaire. Je propose que nous fassions une exception à la neutralité des jours et que nous fêtions l'événement ce soir, sur la terrasse.

Les filles m'ont regardée avec une forme d'envie qui n'a pas duré. Si je me voyais accorder un traitement de faveur, c'était pour mieux me clouer au pilori.

– Quel âge as-tu donc, Sydney ? a demandé Hélène, assez malintentionnée, elle-même semblant être passée sous la barre des trente-cinq ans.

– Cinquante-quatre, ai-je répondu, en tentant de rester fière.

En regardant leurs visages consternés, j'ai compris qu'elles avaient déjà oublié d'où elles venaient. J'avais été la benjamine de ce groupe, j'en devenais clairement la doyenne. Bientôt je ferais figure d'ancêtre. Cette journée s'annonçait pénible.

J'ai laissé chacune à ses soins quotidiens, sans hâte de me retrouver reine de la fête à l'heure de l'apéritif. Au jardin, les gémeaux m'ont considérée d'un œil narquois, ou du moins l'ai-je interprété ainsi. Leur sublime jeunesse n'était plus source de plaisir. J'avais aimé contempler leur beauté gracile, ce jour-là elle m'exaspérait. Seule Zoyad pouvait m'offrir un havre de paix.

– Joyeux anniversaire, mon petit, a-t-elle lancé en me voyant arriver.

Finalement, je ne risquais pas de le manquer !

– Qu'est-ce que vous avez tous avec mon anniversaire ? ai-je maugréé.

– Tu me parais de bien mauvaise humeur, a dit Zoyad sans se laisser démonter. Je croyais que tu aimais fêter tes anniversaires.

– J'aimais. Au passé. Comment le savez-vous ?

– Bah, je te connais. Pour toi aujourd'hui, je te laisse

méditer ceci : « La fête est tout entière dans ta tête… ou pas. »

– Je me lasse de ces mystères, ai-je répondu avec humeur, en m'éloignant.

– Cesse de te faire du mal, viens donc fumer le calumet de la paix.

Je n'allais pas laisser la contrariété me priver de ce plaisir quotidien. Je me suis assise près de la vieille. Je n'ai pas éludé le sujet :

– Dans un contexte amical, au milieu de gens qui changent d'âge chaque année, j'ai aimé, je le reconnais, fêter mes anniversaires. Depuis quelques années, je vivais même chacun comme une victoire sur le destin. Par trois fois dans ma jeunesse on m'avait annoncé une vie brève. Vieillir était une sorte de revanche.

– Qu'est-ce qui a changé pour que tu sois si fâchée aujourd'hui ? a demandé Zoyad avec une naïveté déconcertante.

– Ce qui a changé, c'est que je ne suis pas avec mes amis, que les femmes avec lesquelles je vais devoir trinquer paraissent toutes avoir vingt ans de moins que moi. Que je suis la seule sur cette île à suivre le cours normal du temps.

– Tu t'obstines à accorder de l'importance au temps. Je t'ai déjà dit qu'il n'existait pas.

– Il existe sur mon visage, dans mon corps, et ça me suffit pour le percevoir. Je reprends ma phrase : je suis la seule sur cette île à vieillir.

– Ce n'est pas parce que tu es la seule que tu as tort.
– Tort ou raison, je m'en fiche. Je dis juste que ce n'est pas facile.
– Tu es encore loin de la sagesse à laquelle tu aspires, a conclu Zoyad.

Dans l'après-midi, j'ai enchaîné plusieurs dizaines de longueurs de bassin. J'évacuais mon ressentiment. Et puis, à cette heure, le docteur Faust et son assistante prodiguaient les soins, je ne risquais pas de tomber sur Margo à la piscine. Je suis sortie de l'eau à bout de souffle. À peine sèche, j'ai rejoint la salle de sport. J'y ai trouvé Hélène pédalant avec vigueur sur une machine. Je me suis installée sur le rameur voisin.

– C'est pas trop dur ? m'a-t-elle demandé.

Faisait-elle référence à mon anniversaire ou à l'effort physique ? Je ne décelais dans cette question aucune méchanceté, c'était déjà ça.

– Mes articulations se grippent et j'ai beaucoup fumé dans ma vie, ai-je admis. Je m'améliore pourtant. Même sans traitement, le fait de manger sainement et de bouger beaucoup, c'est une bonne remise en forme.

– Ton roman avance ?

Cette petite question, l'air de rien, elle avait dû longtemps rêver de me la poser.

– Oui, pour ça aussi, cette cure, c'est le rêve.
– Tu trouves que le lieu est propice ?

– Oui. En fait, ce n'est pas tant le lieu qui permet l'écriture que la continuité de la pensée. Ici, rien ne se met en travers de mon récit. Je peux dévider le fil sans le perdre. C'est très confortable.

– Tu écris sur nous ?

– Pas sur vous en particulier. Sur ce que vous représentez, sur cette île étrange, sur la personnalité insaisissable de Faust. Mais il ne suffit pas d'avoir le sujet et les personnages. Il faut une histoire pour qu'il y ait roman, et cette histoire se déroule d'autant mieux qu'elle est ininterrompue.

– Tu ne crains pas que le mythe de Faust soit un peu éculé, pas très porteur ? a émis insidieusement Hélène.

– Porteur, pas porteur, je ne pense pas à ce genre de chose.

– Tout de même, ça doit compter pour un éditeur.

– Je ne suis pas éditeur.

– Si tu racontes cette cure, personne ne te croira. Tout ici paraît invraisemblable, non ?

– Oui, tout cela est difficile à croire, mais je vois bien que les effets de la cure sont réels. Tu as déjà rajeuni de plus de vingt ans. Il reste deux mois. Tu peux perdre encore dix ou quinze ans.

– Ça, je le sais. Mais le lecteur, lui, pensera que tu racontes n'importe quoi.

– Pas n'importe quoi, Hélène, un roman. Le lecteur de romans, il s'en fiche que l'histoire soit vraie ou pas, si elle lui plaît.

– Le roman de l'imagination est démodé depuis longtemps, a insisté Hélène en faisant la moue. Les lecteurs veulent du vrai.

– Eh bien, ils auront du vrai qui ressemblera à du faux. La plupart du temps, c'est l'inverse, les récits ressemblent à du vrai alors qu'ils sont presque toujours faux.

– Ça ne pourra pas marcher, a répété Hélène. Faust en femme, une île avec des sexagénaires en cure de rajeunissement, c'est grotesque.

– Tous les textes qui mettent en scène Faust comportent quelque chose de grotesque. Ce n'est pas grave. Et toi ? Tu t'es mise à écrire ? ai-je demandé, non sans une certaine cruauté.

– Non, pas encore. De toute façon, ce séjour ne m'inspire pas du tout, a lâché Hélène avec une grimace dégoûtée. Cet endroit est trop coupé du monde. Ici, il n'y a pas de vraies gens, pas de vraie souffrance humaine. On n'entend pas battre le cœur de la planète.

– Oui, je comprends. Comme modèle pour un roman social, Tirnamban est limité.

– Voilà.

Avec son visage rajeuni et bougon, Hélène avait des airs de cheftaine scoute, rude et carrée, mais, je devais le reconnaître, pas vilaine.

Les questions d'Hélène m'avaient redonné l'énergie et le moral qui me faisaient défaut depuis le matin. Penser au roman en cours a toujours été ma protection contre les mesquineries de l'existence. Ça n'a jamais failli. Une fois le roman terminé, c'est autre chose. Passé les premiers moments de satisfaction, mon humeur s'altère de manière inéluctable jusqu'au jour où, n'en pouvant plus de me trouver au fond du gouffre, je me plonge dans le roman suivant. Et je me sens de nouveau indestructible. À son insu, Hélène m'avait renvoyée dans ma bulle protectrice. Qu'importent l'âge ou mon apparence physique, lorsque j'écris, j'ai tous les âges, toutes les formes, et cela ne prendra fin qu'avec ma mort.

Ainsi, lorsque l'heure de faire face à la horde de mes jeunes compagnes est arrivée, j'étais sans appréhension, voire de bonne humeur. Mon seul regret était que Zoyad ait décliné mon invitation. Paradoxalement, il ne me restait que Faust pour soutenir mon choix et m'encourager, avec sa soixantaine épanouie, sur un autre chemin que celui du retour en arrière. Pour l'heure, elle avait comme toujours envoyé son odieuse assistante en éclaireuse. Margo me narguait en versant dans les coupes une boisson pétillante rose pâle, sans doute une nouvelle trouvaille d'Hébé pour faire office de champagne. Dorian, Bastian et les gémeaux sont arrivés presque en même temps. Il ne manquait que Faust et Pascal, ce dernier restant pour moi un véritable mystère car, sur cette île minuscule, je ne l'avais guère croisé que deux fois en quatre mois. Il ne viendrait pas ce soir non plus.

Lorsque le docteur Faust est apparue, les filles l'ont applaudie. Elles étaient enchantées des résultats de leur cure et ont levé leur verre à la gloire de leur bienfaitrice. Je n'étais pas mécontente que l'attention soit détournée. Hélas, il a fallu que Margo revienne sur l'objet de notre petite fête :

– À Sydney, dont l'acharnement à vieillir force notre admiration !

Une mère

Plus tard dans la soirée, alors que le dîner avait pris fin en même temps que mon calvaire de devoir essuyer les regards de pitié, mon naufrage m'a paru inéluctable. Je suis sortie marcher dans l'obscurité. Sur l'île, mon téléphone portable ne m'était pas d'une grande utilité à l'exception de sa fonction lampe de poche. L'air frais, la solitude m'ont fait du bien. En rentrant, je suis passée devant la cuisine, Démétra m'a fait signe d'approcher. Je ne tenais pas à me lancer dans une nouvelle conversation, la journée m'avait déjà éprouvée. Par correction néanmoins, je ne pouvais pas passer mon chemin, je l'ai rejointe pour m'asseoir avec elle à la table campagnarde. Elle m'a servi de la tisane en me disant qu'Hermione était déjà montée se coucher.

– L'éternel couple mère-fille, ai-je dit. Quel cauchemar de ne pouvoir en sortir.

– Ou quel bonheur, a rétorqué Démétra.

– Pour la mère ou pour la fille ?

– La mère, évidemment.

Démétra souriait béatement. Je ne pouvais douter de ses paroles.

– Que s'est-il passé pour que vous ayez été figées toutes les deux dans ces rôles ? ai-je demandé.

– Quelle étrange question. Je ne saurais te répondre car je ne comprends pas ce que tu entends par « figées ». Je suis la mère d'Hermione, elle est ma fille, c'est ainsi que les choses sont. Il n'y a pas de rôles, vois-tu. Mon cœur est celui d'une mère.

– Je le vois bien.

– Et toi, tu as abandonné ton cœur de mère.

– Bien sûr que non, ai-je protesté, un cœur de mère le demeure toute la vie. Dans le monde qui est le mien, enfin qui a été le mien et que j'aspire à retrouver, les mères ont pour mission de faire grandir les enfants et de les encourager à les quitter.

– C'est terrible.

– Non, c'est la vie.

– La vie doit être terrible alors.

– Oui, Démétra, je ne peux pas te dire le contraire, la vie est terrible.

– C'est pour ça que les visages des femmes qui arrivent ici sont marqués ?

– Oui, la vie marque nos visages.

– C'est très beau.

– Beau ? Vraiment ? Ce n'est pas l'avis le mieux partagé. Comme tu as pu le constater, elles veulent toutes se défaire des marques de la terrible vie.

– C'est dommage, a dit Démétra, rêveuse. Ici, la vie n'existe pas. Jusqu'à ce que je te voie, toi, je ne pensais pas qu'il pouvait exister une vie à laquelle des humains aient envie de s'accrocher.

– Ce n'est pas que j'aie tellement envie de m'accrocher, ai-je corrigé, c'est plutôt qu'il me paraît vain de détourner le cours du temps.

– Ici, le temps n'existe pas.

– Je l'ai compris, on me l'a assez répété.

– À quoi ressemble ton monde ?

– À une fourmilière. Tu as déjà vu une fourmilière ?

– Évidemment, il y en a sur cette île. C'est une chose qui a l'air toute grouillante mais qui en réalité est très ordonnée.

– Eh bien, ça pourrait être la définition de mon monde : grouillant, confus, mais régi par des lois très strictes. Mais toi, Démétra, qui es-tu pour me poser des questions aussi étranges ? N'es-tu jamais allée sur le continent ?

– Je ne m'en souviens pas. Je ne crois pas. Pourquoi trouves-tu mes questions étranges ? Pourquoi voudrais-tu que nous soyons tous pareils ? Pourquoi faudrait-il que nous venions tous du même monde ?

– C'est que je n'en connais pas d'autre, ai-je répondu, surprise de me découvrir un esprit si étriqué.

– Moi non plus je n'en connais pas d'autre, cela ne m'empêche pas de vouloir imaginer le tien. D'où mes questions. Le temps par exemple.

– Oui, le temps ?

– Le temps fait-il partie de ces lois très strictes dont tu parlais ?

– Non, le temps est une donnée extérieure, immuable, ai-je répondu beaucoup trop vite. L'organisation du temps, l'acceptation du temps, l'adaptation au temps suscitent ces lois, mais le temps lui-même n'en est pas une. Il s'impose à nous.

– C'est très mystérieux.

– Sans doute. Le mystère étant anxiogène, les vivants ont besoin de lui trouver un sens.

– Quel sens lui donnez-vous ?

– Il n'existe pas de sens absolu, ni même de sens collectif qui pourrait être partagé par tous. Nous vivons dans une époque où chacun doit trouver son propre sens.

– Et toi, quel est ton sens ?

– Je le cherche, Démétra, je n'ai jamais cessé de le chercher. De livre en livre, je tente d'approcher une certaine vérité. Peut-être en vain.

Faust et Marie-Morgane

– Vous allez échouer, a constaté Margo.

Elle était allongée sur la banquette du petit salon feutré de Johanna Faust.

– C'est ce que j'ai tenté de vous dire à plusieurs reprises.

– Vous n'avez pas montré beaucoup de cœur à l'ouvrage. Cette fille vous a ensorcelée.

– Le mot est fort ! Inapproprié aussi, mais soit, je l'accepte.

– Qu'a-t-elle de plus que les autres ?

– Rien. Elle est parvenue au même stade que moi, jadis. Elle a accumulé des connaissances, elle a perdu sa vie à travailler, sans jamais rien y comprendre. Elle est passée à côté.

– Dites-le-lui.

– Elle le sait. Elle sait aussi qu'il est inévitable qu'il en soit ainsi. Cela, moi, je l'ignorais. Je pensais pouvoir réparer. On ne répare jamais rien. Elle sait cela. Elle est passée de l'autre côté, vous ai-je dit. Elle nous a échappé.

– Vous vous en réjouissez.

– Un peu, je l'admets.

– Vous devenez si laide, Johanna, en vieillissant.

– C'est fatal.

– Vous ne trouverez jamais le repos !

– Je m'y résigne.

– Pas moi !

Margo s'était levée d'un bond, rouge de colère. Elle a abattu son bras sur le secrétaire en bois de rose qui a éclaté, les papiers se sont éparpillés, une statuette s'est brisée en tombant.

– C'est le visage de vous que j'aime le moins, Marie-Morgane, a murmuré le docteur Faust.

L’Autre Monde

Après mon entrevue avec Démétra, j’ai acquis la certitude que nous étions passées dans l’Autre Monde. La date de notre arrivée sur l’île, sur laquelle le docteur Faust avait attiré mon attention, le confirmait. Selon les diverses légendes celtiques, l’Autre Monde est accessible deux nuits par an : celle de Beltaine, du 30 avril au 1er mai, et celle de Samain, du 31 octobre au 1er novembre. La seconde étant la date prévue pour notre retour. J’avais étudié le sujet à plusieurs reprises mais insuffisamment toutefois pour nourrir mon hypothèse de détails précis. Depuis que j’étais ici, il m’était arrivé de déplorer l’absence d’Internet, mais jamais autant qu’en cet instant. Privée de la possibilité d’effectuer des recherches, je devais puiser dans mes souvenirs. Je savais notamment qu’Avalon, l’île mythique qui avait recueilli l’âme du roi Arthur, appartenait à l’Autre Monde. Sans doute existait-il d’autres îles de cette sorte au large de la Bretagne puisqu’ici, clairement, nous n’étions pas à Avalon, aussi appelée l’île aux pommes ou l'île aux pommiers. Or je n'avais pas vu plus de deux ou trois pommiers, pas plus que de cerisiers, de poiriers ou de pruniers. Pas davantage de roi Arthur. Pas de créatures magiques, même si, en soi, les habitants de Tirnamban, figés dans leur éternité, pouvaient prétendre à cette appellation. Démétra, Zoyad, Margo et les autres étaient-ils des âmes défuntes ? Et le docteur Faust ? Ses doigts sur mon bras, sur ma joue m'avaient semblé bien vivants, à moins que ce ne soit ma peau seule qui les ait perçus ainsi.

J'ai longé le chemin menant à la cabane de Zoyad. Debout sur le ponton, elle lançait des cailloux dans l'eau.

– Viens voir comme mes ricochets sont réussis !

Sans doute Zoé, perdue dans ce corps d'ancêtre, s'était-elle réveillée ce matin d'humeur espiègle.

– Zoyad, j'ai besoin de vous parler, l'ai-je suppliée.

– Regarde quand même, a-t-elle geint avec une voix de petite fille.

Le caillou a rebondi cinq fois avant de s'enfoncer dans l'eau. J'ai applaudi sa démonstration parfaite. Elle s'est frotté les mains.

– Je suis vraiment douée pour ça !

Elle s'est retournée et m'a entraînée vers la cabane.

– Allez viens, ça valait la peine d'attendre pour poser tes questions, non ?

Je n'ai pas osé la contredire. Elle était si joyeuse.

– Maintenant, dis-moi, m'a-t-elle encouragée en s'asseyant.

Elle avait déjà saisi sa pipe. Je ne savais pas comment aborder les choses. Toutes mes questions étaient si curieuses.

– Bon alors ? a-t-elle insisté.

– Tirnamban est-elle dans l'Autre Monde ?

– Tirnamban est dans son monde. C'est ton monde qui est l'Autre Monde.

– Bien sûr, nous sommes toujours l'autre de quelqu'un. Alors précisons : Tirnamban est-elle une île d'âmes mortes ?

– Les âmes ne sont jamais mortes par définition, tu poses bien mal tes questions.

– S'il vous plaît, Zoyad, répondez-moi, vous comprenez très bien ce que je veux dire. Êtes-vous morte ?

– Moi ? Non. Je devrais me vexer. Je suis vieille mais je ne suis pas morte. Tu n'es pas très perspicace.

– Perspicace ? Peut-être pas. Ce monde est si compliqué.

Devant ma mine déconfite, Zoyad m'a prise en pitié. Elle a concédé en dressant l'index :

– Bon d'accord, tu chauffes. Je vais te donner un indice. Moi, je ne suis pas morte, mais certains d'entre eux le sont.

– Ah enfin, nous avançons ! Qui ?

– Devine.

– Oh, Zoyad, est-ce vraiment le moment de jouer aux devinettes !

– C'est toujours le moment de jouer.

Ces mots m'ont rappelé la petite Zoé, tapie au fond de la vieille dame. J'ai entrepris d'énumérer les habitants de l'île :

– Bon alors, le docteur Faust ?

– En dernier, a dit Zoyad. Le docteur Faust, c'est un peu le problème.

– Le problème ?

– Ah, là, tu es trop curieuse. Aujourd'hui, on joue juste à savoir qui est mort, d'accord ?

– Bien. Démétra et Hermione ?

– Elles oui. Elles sont arrivées de Grèce en 1758. Elles ont péri noyées. La fille est tombée d'un bateau, la mère a sauté pour la sauver.

– Quelle tristesse.

– Tu as voulu savoir, maintenant tu sais !

– Je ne comprends pas pourquoi leurs âmes ont été damnées. Une adolescente et une mère aimante, il n'y a aucune raison.

– Sur le bateau, la mère s'est violemment disputée avec son mari qui la violait et la battait. Elle l'a fait tomber à l'eau en le frappant avec la rame du canot de sauvetage. Légitime défense, le meurtre n'était pas intentionnel. Mais hélas, devant cette scène d'épouvante, la fille s'est jetée par-dessus bord intentionnellement. Or les suicidés sont damnés. Ce n'est pas très juste, mais ce n'est pas moi qui fais la loi.

– Et la mère l'a suivie aux enfers. D'où son nom, Démétra.

– Tu commences à comprendre. Alors, qui d'autre ?

– Les gémeaux ?

– Aussi. Ils sont arrivés d'Allemagne en 1934, leur père les a tués à coups de revolver lorsqu'il les a surpris en flagrant délit d'inceste. Chacun une balle dans le cœur. Inceste, interdit, donc âmes damnées.

– Pauvres gosses. Ils ressemblent à des anges !

– Des anges avec un sexe ! a corrigé Zoyad en fronçant les sourcils.

– Dorian et Bastian ?

– Ah, ce n'est pas pareil ! L'un est mort, l'autre pas.

– Lequel est mort ?

– Dorian. Américain, soldat, débarquement du 6 juin 1944, Omaha Beach.

– Pourquoi serait-il en enfer ? C'est un héros.

– A saboté le parachute d'un GI qu'il détestait. Le type est tombé comme une pierre. Quelques minutes plus tard c'était son tour, canardé par les Allemands.

– C'est incroyable ! Et Bastian ? Qu'est-ce qu'il fait là ?

– Il est tombé amoureux de Margo lors d'un sabbat où il avait été choisi pour être le dieu cornu. Ça s'est passé dans les années cinquante. Pour lui, le temps s'est arrêté mais il n'est pas officiellement mort.

– Je ne l'ai jamais vu avec Margo.

– Parce que dès lors qu'elle en a fait son prisonnier, elle l'a laissé tomber.

– M'étonne pas d'elle. Alors Margo ? Morte ou vivante ?

– Vivante. Ou à peu près. Je ne peux pas t'en dire plus.

– Vivante ? C'est étrange… Il ne reste plus que le docteur Faust, elle est vivante aussi ?

– Hélas, mon petit, tu le sais au fond de toi. Elle a vendu son âme. Si elle est ici, c'est qu'elle est morte. Officiellement, dans l'explosion de sa maison en 1540. En réalité, dans son sommeil en 1564.

Je me suis sentie accablée par cette nouvelle.

– Et nous, les pensionnaires ?

– Vivantes, mon petit. En douterais-tu ?

– Permettez-moi de douter de beaucoup de choses.

– Bientôt, tu retourneras dans ton monde, à moins que tu n'en décides autrement.

– Vraiment ?

– Tu verras bien. Tôt ou tard viendra l'heure du choix.

– C'est tout vu. Et vous, Zoyad, que faites-vous ici, si vous êtes vivante ?

– Tu n'as pas encore compris ?

– Non, décidément.

– Tu le découvriras par toi-même. Ne t'inquiète pas.

L'amour, la jalousie

Ce qui devait arriver a fini par se produire. Une nuit, Thaïs ne s'est pas rendormie après le départ de Dorian. Accoudée à sa fenêtre, elle a reconnu sa silhouette s'introduisant dans la chambre de Laure. Tout d'abord abasourdie, comme elle me le raconterait plus tard, elle a suivi du regard les positions des corps, s'approchant, se fondant, se pliant. Au moment où ils se sont jetés sur le lit, elle n'a plus été en mesure de réfléchir, elle a jailli de sa chambre par la porte-fenêtre donnant sur le jardin et s'est précipitée de l'autre côté. Elle ne portait que son tee-shirt de nuit. Si la porte-fenêtre de Laure avait été verrouillée, Thaïs l'aurait brisée, rien ne pouvait l'arrêter. Son irruption devant le lit de Laure qui se pâmait déjà sous les caresses du bellâtre s'est accompagnée d'un hurlement. Je ne dormais pas, j'ai bondi aussitôt. Hélène, qui occupait la chambre mitoyenne, n'a pas tardé, puis Colette, et enfin Katell. Manquaient Alexandra et Isabella.

C'était une drôle de scène, nous quatre, spectatrices

du mini-drame qui se jouait entre Thaïs et Laure. La rousse avait empoigné les cheveux de l'aristocrate et la secouait hystériquement. Katell s'est interposée en giflant Thaïs, qui s'est effondrée, secouée de sanglots.

– Hé ! a gueulé Katell. Te trompe pas de cible. Le connard, c'est pas elle. Elle est pas moins trompée que toi. Vise plutôt les roubignolles du gigolo !

Dorian, nu, considérait, impassible, la confusion qu'il avait générée. J'ai repensé aux révélations de Zoyad. Un type capable de saboter le parachute d'un camarade juste avant de sauter sur la plage du Débarquement ne pouvait s'émouvoir pour si peu. Il a ramassé nonchalamment son caleçon, qu'il a enfilé avec une lenteur appuyée. Laure, très choquée, s'était mise à pleurer elle aussi. Thaïs s'est redressée, l'a enveloppée dans un drap en répétant :

– Pardon, pardon, pardon…

Laure s'est blottie dans ses bras et elles se sont bercées l'une l'autre. Dorian avait remis son jean et son tee-shirt, il se dirigeait vers la porte.

– Hé, toi ! l'a apostrophé Katell. Tu crois que tu vas t'en tirer comme ça ?

– Qu'y puis-je ? s'est-il contenté de dire en ouvrant les mains, avant de s'éloigner avec nonchalance.

– On est chez les fous, ici, a grommelé Katell. Bon ben on va pas rester plantées là !

– Et si on allait sur la plage ? a proposé Colette.

Au point où en était la nuit, l'escapade nous ferait de

meilleurs souvenirs. En contrebas du jardin, une petite plage de sable fin était accessible par un escalier en bois.

– On va chercher Alexandra et Isabella ? a demandé Hélène.

Aucune des deux n'était dans sa chambre.

Harcelées de questions, elles nous avoueraient, le lendemain, leurs liaisons, l'une avec Bastian, l'autre avec Pascal. Tiens, Pascal, était-il mort ou vivant, celui-là ? J'avais oublié de le demander à Zoyad.

L'impatience, la tragédie

Cet événement vaudevillesque a fini par se révéler lourd de conséquences. Nous avons tout d'abord pensé que le calme était revenu. Je me suis surprise à conseiller à Thaïs, qui me demandait mon avis, de ne pas interrompre sa relation avec Dorian si vraiment cela lui faisait du bien. Après tout, cela ne lui retirait rien qu'il visite Laure dans la foulée.

– C'est une question de principe, a protesté Thaïs, pour la forme.

– Dans un monde d'appropriation, où l'apparence compte beaucoup, je conçois que ces relations multiples soient fâcheuses, mais ici, entre nous, qu'est-ce que cela peut faire ? De toute façon, nous partons dans six semaines. Tu n'allais pas emmener Dorian avec toi.

– Je ne sais pas, je n'y ai pas pensé. C'est juste que ça ne se fait pas.

– Si tu savais le nombre de choses qui ne se font pas et se font quand même ! À toi de voir si tu veux te punir du comportement de l'autre. Parce que lui, votre rupture ne le punira pas tellement, comme tu peux le constater.

– Et Laure ?

– Laisse Laure décider pour elle-même.

– Alors on resterait comme ça, dans cette situation bancale ? Je ne dirais rien, je le laisserais se faire deux nanas toutes les nuits ? Remarque, il a la santé, le gars !

Je n'ai rien dit.

J'ai eu ensuite avec Laure une conversation qui aurait pu être similaire si ce n'est que la veuve du colonel était tombée amoureuse de l'ancien GI. L'imaginer dans les bras de Thaïs lui était douloureux. Mais il lui aurait été plus douloureux encore de ne pas l'avoir du tout dans les siens. Les deux rivales ont décidé de s'en tenir à ce statu quo. Dès lors, on aurait pu penser que la paix reviendrait.

Hélas, cette nuit électrique avait bouleversé Katell :

– Mais qu'est-ce que je fous ici, avec une bande de gonzesses qui se prennent pour des ados ! Alors que j'ai une entreprise à redresser, des gars à former, un connard d'ex à envoyer en enfer ! Moi, c'est bon, je suis assez jeune comme ça, j'ai pas envie de devenir prépubère. Allez zou, fin de la cure.

Katell a demandé au docteur Faust d'abréger son séjour et de lui permettre de regagner le continent. Pour des raisons que je n'allais pas dévoiler à mes camarades, il était impossible à Faust de satisfaire cette requête. Aucune passerelle n'était envisageable entre le monde des vivants et Tirnamban avant la nuit du 31 octobre, prévue pour notre retour. Katell s'est donc vu opposer un refus par l'intermédiaire de l'assistante du docteur. Après quoi la tension est montée d'un cran entre les deux femmes.

– Si on est prisonnières, faut le dire tout de suite ! criait Katell.

– Vous avez signé pour six mois, objectait Margo.

– Et alors ? Je me trouve assez jeune comme ça !

– Vous pouvez demander l'arrêt des soins, mais il n'existe aucun moyen pour vous faire regagner le continent.

– Et l'autre grand hibou avec sa barque ?

– C'est impossible, inutile d'insister, a tranché l'assistante du docteur Faust.

J'ai bien entendu regretté de ne pas avoir pris Katell à part pour lui expliquer succinctement l'histoire des passages. Sur le moment, je pensais que son impatience se calmerait, et que mon intervention serait plus néfaste qu'autre chose. L'évocation de l'Autre Monde était anxiogène, si Katell répandait l'information, les filles paniqueraient. Car mentionner que les portes s'ouvraient deux nuits seulement dans l'année rendrait terriblement concret l'abominable marché auquel elles avaient souscrit par naïveté. Dans quelques années, leurs âmes appartiendraient au docteur Faust, et donc au diable.

Mais en décidant de me taire, je ne mesurais pas les conséquences de la fureur de Katell.

Le lendemain matin, alors que le docteur Faust passait dans la salle à manger pour nous saluer, Katell l'a prise à part :

– Je suis prête à payer le prix qu'il faudra pour foutre le camp d'ici.

– Ce n'est pas une question d'argent, c'est impossible.

– Bordel, mais je ne suis pas ta prisonnière, salope ! a hurlé Katell en saisissant Faust à la gorge.

Margo a surgi dans l'instant et frappé l'épaule droite de la pensionnaire d'un violent coup du plat de la main. La coriace Bretonne en est tombée à genoux. Elle s'est relevée en vociférant :

– Je rentrerai chez moi si je veux et je vous emmerde !

Elle est sortie de la pièce en nous laissant consternées.

Peu après je l'ai aperçue marchant à grandes enjambées en tirant sa valise. Elle avait pratiquement atteint le ponton de bois auquel une barque était attachée. Plus tard, j'ai questionné Zoyad à son sujet. Elle est restée évasive, la barque n'appartenait à personne. Celle de Pascal avec laquelle nous étions arrivées était amarrée de l'autre côté de l'île.

Je l'ai appelée d'une voix stridente et désespérée, tout

en courant pour rejoindre la côte. Alexandra et Thaïs, clouées sur place, me regardaient faire sans trop comprendre l'enjeu. J'ai crié encore :

– Ne fais pas ça ! Tu n'arriveras nulle part !

Katell était déjà dans la barque.

– *So long, girl.* On est à moins de deux heures des côtes, il suffit de suivre le soleil, alors c'est pas ramer qui va me faire peur. J'ai la journée.

– Ne fais pas ça, l'ai-je suppliée. Tu vas mourir…

Katell était déjà trop loin, elle agitait le bras en guise d'adieu. Très vite elle est devenue un point à l'horizon, puis plus rien.

Je me suis assise sur le perron de la cabane de Zoyad. Ma vieille amie n'était pas là. Je me sentais vide et coupable. Dans quels limbes Katell était-elle partie se perdre ?

Je suis remontée d'un pas lourd vers la bâtisse menaçante. Alexandra m'a prise par l'épaule pour me consoler :

– Elle est forte, elle va y arriver. Je suis sûre qu'elle va réussir à ramer jusqu'à Douarnenez.

Ce que j'éprouvais ne pouvait être partagé. Toutes reprendraient leurs activités avec la conviction que Katell avait retrouvé son entreprise de piscines et fini par écraser son concurrent. Je resterais la seule à savoir qu'elle avait échangé son âme contre rien. Elle appartenait désormais au contingent des enfers. Le diable pouvait se frotter les mains.

Le diable

Outre ses rendez-vous réguliers avec ses patientes, le docteur Faust consultait sur rendez-vous. Il fallait la solliciter à l'accueil, auprès de Dorian, ou de l'assistante. Bizarrement, après m'avoir suivie avec obstination, Margo m'avait lâchée depuis mon anniversaire. Je suppose que mon entêtement à ne pas m'abandonner au traitement du docteur Faust avait fini par la lasser. Depuis le drame survenu dans notre petite communauté, elle se contentait d'apparaître au moment du dîner, comme une monitrice de colonie venant annoncer que l'enfant qui avait fait une bêtise a été bien puni.

– Vous vous êtes engagées à suivre un protocole. Nos prestations ne sont garanties que dans ce cadre. En dehors, tout est à vos risques et périls.

Sa voix était sèche, son attitude neutre. Je scrutais tout ce qui pouvait m'éclairer sur notre curieuse situation. Morte, vivante ? Zoyad avait refusé de statuer sur le cas de Margo. « Plutôt vivante », avait-elle dit. Ce que signifiait « plutôt » dans ce contexte m'échappait.

L'assistante du docteur Faust n'a pas croisé mon regard ce soir-là, je n'étais pas très avancée. Nous étions encore en état de sidération. Au point que Démétra elle-même est sortie de sa cuisine pour venir nous témoigner sa sympathie.

– Je suis si désolée pour votre amie, nous a-t-elle dit.

Son visage bouleversé le prouvait. J'avais déjà compris que les habitants de Tirnamban ne gardaient pas le souvenir conscient des circonstances dans lesquelles ils avaient quitté le monde des vivants. Ils ignoraient jusqu'au fait même qu'ils étaient morts. Toutefois, je ne pouvais m'empêcher de penser qu'ils avaient pu conserver quelque part une trace de cet événement. Or Démétra était morte noyée, tout comme sa fille. La disparition en mer de Katell ne pouvait que remuer ce magma marécageux de la mémoire inconsciente. À ses côtés, Hermione ne s'était pas départie de son visage bougon mais bonne fille.

– Je vous donne le menu de ce soir ? a-t-elle demandé.

Les six autres filles n'avaient pas mesuré la fatalité du geste de Katell. Le menu du dîner les intéressait encore. La seule personne avec laquelle j'aurais souhaité commenter l'événement était le docteur Faust mais, pour cela, je devais passer par la procédure officielle : Dorian, rendez-vous, etc. Or je ne voulais pas attirer l'attention de Margo.

Les jours suivants, j'ai erré autour de la maison dans l'espoir de tomber sur elle tôt ou tard. Les révélations de Zoyad changeaient ma perception de l'île et de ses habitants. Les gémeaux penchés sur leurs bêches, leurs visages d'ange, Narcisse protégeant Hébé. Sans doute leurs prénoms n'étaient-ils pas ceux de leur naissance, seulement ceux de leur éternité. Hébé servant l'élixir de jeunesse, Narcisse amoureux de sa sœur qui lui renvoyait sa propre image. Démétra, mère sacrificielle. Hermione, la fille sacrifiée d'Hélène de Troie. Dorian, la beauté qui ne vieillirait jamais. Pascal, le passeur. Et Margo, l'inévitable Marguerite associée à Faust. D'ailleurs, Johanna Faust était-elle réellement ce qu'elle prétendait être ? Pourquoi aurait-elle conservé la mémoire de sa vie de mortelle tandis que tous les autres l'auraient oubliée ?

Ce monde avait été parfaitement conçu. Mais qui en était le concepteur ? Je ne pouvais plus détourner mon attention du docteur Faust, maîtresse de ces lieux, redoutant de découvrir sa véritable nature, comme si je devais reconnaître m'être finalement attachée à sa curieuse personnalité. Je lui avais certes posé la question lors de notre premier entretien : « Êtes-vous le diable ? », mais que pouvait-elle répondre ? Pourquoi m'aurait-elle dit la vérité : *Oui, bien sûr, je suis là pour te damner, mon enfant* ? Je pouvais presque rire de ma naïveté. J'avais voulu voir de la douceur chez cette femme vieillissante, dans son regard clair, dans son sourire. Elle possédait la sérénité de la longévité et de l'expérience. J'avais voulu me fier à cette apparence qui donnait un ancrage rassurant à mon séjour sur cette île. Peut-être même avais-je cherché en elle un ersatz de mère ou l'illusion d'un dernier amour.

Il ne nous restait plus guère que cinq semaines à tenir. Je pouvais raisonnablement cesser mes questions intempestives, me maintenir dans une ignorance protectrice, attendre le bateau qui me ramènerait vers le monde des vivants. Je reprendrais ma vie d'avant, en tentant d'oublier l'existence de l'Autre Monde. Sans ma signature, Faust ne pourrait rien contre mon âme. Ce séjour ne serait qu'une parenthèse dans ma vie, salutaire sans doute, ne serait-ce que par l'inestimable sujet de roman qu'il m'offrait – fallacieuse excuse, je le savais.

J'étais trop curieuse pour en rester là. Il me fallait trouver la véritable raison de ma présence, comprendre l'objectif de Faust et la place qu'elle m'avait assignée sur son île, alors que je m'étais crue libre.

Après plusieurs promenades infructueuses, une marche à l'aube naissante m'a enfin placée sur le chemin du docteur Faust. Elle était vêtue d'un trench beige et marchait les mains dans les poches. Elle tenait davantage de la bourgeoise de province que de la tentatrice satanique. Elle a souri en m'apercevant, a allongé son pas et saisi mon bras en passant à ma hauteur.

– Venez contempler le lever du soleil.

– Ce qui me surprend aujourd'hui n'est plus ce que je découvre chaque jour sur cette île mais que l'on puisse encore y voir un lever et un coucher de soleil.

– Je vous sens désabusée. Vous avez tort. Bientôt vous serez libérée et c'est de moi que votre obstination aura eu raison.

– Je ne comprends pas.

– Restons-en là sur ce sujet. Je tenais à vous dire mes regrets à propos de votre camarade. Je vois bien qu'elle vous manque à la table des cartes. Vous ne jouez plus, vous tournez en rond. Elle m'était sympathique également. L'une des pensionnaires les plus charismatiques de ce groupe, je le reconnais. Hélas une tête brûlée. Je n'ai rien pu faire pour empêcher ce qui est arrivé.

– Bien sûr, vous n'y êtes pour rien !

– Votre colère est légitime mais inadéquate. Effectivement, je n'y suis pour rien.

– Ça vous arrange pourtant. Vous n'avez pas eu à attendre des décennies pour récupérer son âme.

– Je n'ai que faire de son âme, vous n'avez donc rien compris ! Je ne fais que payer ma dette. Pour utiliser les mots de votre société de production et de consommation, je ne suis qu'une employée ici.

– Et qui vous emploie ?

– Vraiment, Sydney, vous me décevez. Je vous croyais capable de voir derrière les apparences.

Son visage las m'a douloureusement renvoyée à mon

incompétence. J'ai passé en revue les habitants de cette île qui me demeuraient encore flous, Zoyad, Pascal, Margo… Soudain, la lumière s'est faite. Si je m'étais fiée à mon instinct, je l'aurais compris depuis le début. La désagréable assistante du docteur Faust, ses tentatives de séduction, le feu au fond de ses yeux sombres… Elle était venue en personne nous chercher sur la grève le soir de notre arrivée, nous avait attribué nos chambres, expliqué le règlement, géré nos emplois du temps… Aucune des curistes n'avait jamais vu le docteur Faust dans la salle des soins, la légère anesthésie administrée par l'assistante, sa seule présence au réveil…

– Elle aurait pu leur rendre leurs vingt ans en une seule séance, ai-je murmuré pour moi-même.

– Bien sûr, a reconnu Faust, mais il fallait tenir six mois.

– À cause des passerelles ouvertes deux fois par an ?

– Oui.

– Que fait-elle des âmes damnées que vous lui apportez ?

– Elle les renvoie sur terre pour la plupart. Les âmes damnées se répandent un peu partout, elles essaiment, elles contaminent.

– Elles sont nombreuses ?

– Oh tellement. Il n'y a pas à dire, cette entreprise est un véritable succès. Près des trois quarts de l'humanité sont composés d'âmes damnées et leur nombre ne cessera de croître. Elles sont comme des cellules cancéreuses qui finiront par coloniser le tout.

– C'est ça votre travail, Johanna ? Appâter les âmes et les lui livrer ?

– Ma part est minime. La plupart des âmes se damnent toutes seules. Je ne me charge que de celles qu'elle envisage d'employer dans l'avenir. L'élite, en somme. Vous pouvez vous vanter d'en faire partie.

– Toute cette mise en scène, ici, sur l'île, suivait un objectif précis ?

– Rien n'est laissé au hasard avec elle. N'espérez pas la prendre en défaut. Je n'ai qu'un conseil à vous donner : désormais, tenez-vous à l'écart, faites profil bas. Bon, je vous souhaite une bonne journée, Sydney.

– Attendez, encore une question ! Les âmes qui sont ici, Démétra, Hermione, les gémeaux, Dorian, pourquoi ne pas les avoir renvoyées sur terre ?

– Certaines âmes, très minoritaires, sont en attente sur des îles, comme nous ici, parce que tôt ou tard nous pourrions être blanchis.

– Un purgatoire.

– En quelque sorte.

– Ainsi vous, Johanna, disposez d'une chance de rédemption ?

– Vous étiez ma chance de rédemption, Sydney. Ne m'en demandez pas davantage.

Le docteur Faust s'est levée, a remis ses mains dans ses poches et s'est éloignée d'un pas lent.

Faust et le diable

– J'hésite, Johanna, à vous considérer comme un génie ou une simple idiote !

– La deuxième proposition ne me dérange pas, a répondu Faust, en versant du thé dans une tasse en porcelaine ciselée de fil d'or.

Margo a quitté la fenêtre obscure pour se dresser devant son esclave et néanmoins maîtresse, lointaine maîtresse, Johanna Faust.

– Pas certain. Vous avez peut-être fait ce qu'il fallait, elle pourrait être plus facile à attraper avec la vérité qu'avec l'illusion. Ce genre de fille est sensible à la détresse. Regardez dans quel état elle erre depuis que cette imbécile est allée se foutre à l'eau. Ne me dites pas que cette sensiblerie vous émeut, Johanna.

– Pourquoi pas, elle me touche, a répondu Faust en prenant une première gorgée de thé.

– Oubliez ça, les sentiments sont bons pour les simples d'esprit. Attaquez, achevez-la. N'oubliez pas ce que vous me devez. Je ne vous lâcherai pas avant que vous m'ayez

livré votre remplaçante. Votre remplaçante consentante, dévouée, aimante.

– Aimante, j'ai du mal à penser qu'elle le sera jamais. Elle aurait pu m'aimer moi, s'amusait Faust.

– Je le vois bien, idiote, mais pourquoi pas moi ?

Margo en venait presque à crier. Elle aurait pu inventorier ce qu'elle avait mis en place pour attirer la romancière dans ses filets : se parer d'éléments physiques lui appartenant afin de se rendre familière – ses yeux sombres, sa bouche boudeuse, ses cheveux indisciplinés ; s'attribuer le prénom d'une de ses anciennes amantes ; lui offrir un cadre exceptionnel pour écrire, et même, cadeau suprême, lui autoriser l'accès à Zoyad. Pour rien au monde elle ne reconnaîtrait que ce dernier point avait été l'objet d'une âpre négociation avec son âme damnée de docteur Faust. Johanna exigeait un combat à la loyale. Sans Zoyad, il aurait été trop déséquilibré. La signature aurait été sans valeur.

– Vous souriez bêtement, mais si nous ne parvenons pas à nos fins, c'est vous qui en subirez les conséquences, Johanna.

– Tôt ou tard, je serai libre. Cinq siècles de servitude, je les aurai atteints dans moins de cinquante ans. Je ne suis plus à quelques décennies près. Vous ne pourrez pas me retenir au-delà. C'est notre contrat. Évidemment, la libération anticipée était tentante. Mais de toute évidence, je n'en mourrai pas !

– Vous arrivez encore à m'étonner, Johanna. Et même

à me faire rire. Vous étiez vraiment la compagne parfaite pour moi.

– Il m'est arrivé de m'amuser aussi, je le reconnais. Laissez cette fille tranquille. Elle ne vous conviendrait pas.

– Vous me connaissez, Johanna, je ne saurais accepter l'échec.

L'amour, la vie

Mon sens de l'observation avait été perturbé par la tragédie de Katell. Sans cela, je me serais aperçue beaucoup plus tôt que l'épanouissement d'Alexandra n'était pas seulement lié à sa jeunesse retrouvée. Son corps s'était arrondi, son visage détendu. Elle affichait un sourire radieux contrastant avec les circonstances. Elle ne cachait pas son adoration pour le taciturne Bastian qui, en sa compagnie, paraissait s'attendrir. Cet amour n'avait plus rien de secret mais je n'avais anticipé ni sa puissance ni sa portée.

Depuis la disparition de Katell, nous n'étions plus que trois dans notre aile de bâtiment, Alexandra, Thaïs et moi, que la brutalité de l'événement avait rapprochées. Je ne m'étais pas attendue à ce que la rude entrepreneuse, sa gouaille, son ironie, sa franchise me manquent. Je tentais de l'imaginer, errant sans fin dans l'immensité de l'océan. Je me heurtais aux limites de mes sens. La mort porte en elle l'abstraction du mystère absolu. *Où vont nos morts ?* m'étais-je demandé tout au long de ma vie. Tirnamban, cette porte entrouverte sur l'insondable, ne me rendait pas la tâche plus facile. Katell éternellement perdue dans son brouillard ne me paraissait pas plus réelle que le corps froid de ma mère. Ce désarroi me rendant sensible à notre indispensable solidarité, j'avais ouvert ma chambre aux confidences. Je gardais les miennes pour moi. Je ne doutais pas du don d'ubiquité de l'esprit malin qui nous servait d'hôte.

– Je suis enceinte, m'a avoué un soir Alexandra.

Étant donné la plénitude de son corps, ses joues rebondies, cela n'aurait dû provoquer aucune surprise. En d'autres lieux, je me serais contentée d'un mot de félicitation, un vœu de bonheur, une banalité telle que nous avons appris à en proférer dans des situations similaires.

– Que sais-tu de Bastian ? a été la première réflexion qui me soit venue à l'esprit.

– C'est tout ce que tu as à me dire ? a fait Alexandra, déçue.

– Tu as conscience que nous ne sommes pas dans une situation ordinaire ? ai-je assené avec une angoisse que j'ai immédiatement tenté de rendre moins perceptible. Il y a cinq mois tu avais dépassé la date de péremption, aujourd'hui tu es enceinte. Tu avais soixante ans, on t'en donne aujourd'hui moins de trente. Et tu trouves ça normal ? Comment peux-tu penser que cette île est juste un sympathique lieu de cure et qu'être enceinte va faire de toi une jeune maman ordinaire ?

– Qu'est-ce que tu veux dire ? a bafouillé la pauvre Alexandra qui s'était attendue à tout sauf à ces remontrances.

– Rien de plus, ai-je répondu lentement pour calmer la tension. Je souhaite juste que tu reconnaisses que tout est bizarre sur cette île, à commencer par les habitants. Et toi, tu me dis que l'un d'entre eux t'a mise enceinte, alors forcément, avant de me réjouir, je m'interroge.

– Arrête, tu me gâches le plaisir. Bastian va quitter son job et venir s'installer sur le continent avec moi. Je vais vendre mon appartement à Paris, on s'achètera une maison à la campagne. J'ai mis suffisamment d'argent de côté en quarante ans de carrière pour pouvoir vivre modestement mais tranquille pour le restant de mes jours.

– Et lui ? Que dit-il de ton projet de famille ?

– Qu'est-ce que tu crois, il est d'accord. Il va devoir finir l'année ici, mais il me rejoindra pour la naissance.

– Il te rejoindra pour la naissance, vraiment ?

– Je déteste le ton que tu emploies ! Je n'aurais jamais dû te parler. Tu es jalouse de mon bonheur.

– Oh, Alexandra, si tu savais comme tu te trompes. Tu ne sais pas où nous sommes ici. Et, franchement, il vaut mieux que tu continues à l'ignorer. Mais ton Bastian, il n'est pas libre. À moins que tu ne parviennes à convaincre Margo et le docteur Faust.

– Je n'oserai jamais parler au docteur Faust, mais tu

as raison, il faut que j'en parle à Margo, elle saura convaincre Faust de laisser Bastian partir avec moi.

– J'espère que tu y parviendras, Alexandra.

Je l'ai serrée dans mes bras en lui souhaitant bonne chance. Ce n'était pas exactement ce qu'elle aurait eu envie d'entendre.

L'amour, le sacrifice

Isabella ne manquait jamais de me surprendre par sa profondeur et la justesse de ses analyses. En suivant sa logique, j'avais ressenti cet engrenage dont je m'étais si souvent moquée. Prise dans une spirale mortifère, elle avait usé de la chirurgie comme d'une drogue sans être pour autant dupe du vide que cela était destiné à combler en elle. Sa vie futile et dispendieuse, elle savait la juger à sa juste valeur, c'est-à-dire à un niveau proche de zéro.

Son visage désormais sans artifices, paré de sa seule jeunesse, n'avait plus rien de celui d'une bimbo. Aucun homme ne se serait retourné sur elle avec le regard concupiscent qu'elle avait tant voulu susciter dans son existence passée. À peine l'aurait-on qualifiée de jolie fille, n'était son sourire naturel et bienveillant.

Nous nous étions beaucoup parlé les premiers mois de notre séjour, mais elle s'était faite rare ces derniers temps. J'ai éprouvé un certain plaisir à la voir se diriger ce soir-là vers ma terrasse. Ses yeux brillaient comme ceux d'une enfant.

– Tu te plais ici, tu fais plaisir à voir, ai-je remarqué.

– Ça va bien au-delà de ça. Je voudrais t'en parler.

– Pourquoi moi ? N'es-tu pas plus proche de Laure ?

– Hélène ou Laure, sans doute, mais elles sont préoccupées par elles-mêmes. Tu es la seule à être restée une personne normale, tu nous observes, tu écris sur nous depuis le début. Je serais prête à parier que tu nous connais mieux que nous ne nous connaissons nous-mêmes.

– Et donc tu as découvert l'amour ? ai-je abrégé.

Je venais de recueillir les confidences d'Alexandra et avais dispensé à Laure et Thaïs mes conseils de tempérance. Ces filles étaient de nouvelles post-adolescentes excitées, aux yeux desquelles je faisais figure d'aïeule.

– Ce n'est pas si simple, a protesté Isabella. Tu vois bien que rien n'est habituel ici. Au fond de toi, tu le sais. Pascal n'est pas un homme comme un autre. Il est…

– Mort ?

Je ne sais ce qui m'avait pris d'exprimer la vérité aussi abruptement. Je ne l'aurais fait avec aucune autre d'entre elles. Je me suis mordu les lèvres en voyant Isabella interloquée par mon intervention. Toutefois, je ne m'étais pas trompée, elle était capable de l'entendre, de l'accepter même. Elle s'est reprise en cherchant ses mots :

– Mort ? Ce n'est pas ce que j'aurais dit. Mais tu as sans doute raison, ce devait être le mot que je cherchais depuis le début. Ces gens ne sont pas ici par hasard. Ce ne sont pas des employés ordinaires. Ils sont comme des prisonniers purgeant une peine.

– C'est exactement ça, Isabella ! me suis-je écriée, impressionnée. Tu es beaucoup plus perspicace que moi, vois-tu, car il a fallu qu'on m'explique la situation pour que je la comprenne. Et toi ? Comment as-tu découvert la vérité ? Pascal t'a parlé ?

– Pascal a des soupçons mais je ne crois pas qu'il dispose de tous les éléments. Il n'est qu'un passeur, de notre monde à celui-ci. Je ne sais pas – et sans doute ne le sait-il pas lui-même – s'il est mort ou vivant. Ce que je sais en revanche, c'est que ma vie ne m'a jamais paru aussi évidente que depuis que je le connais. Je vais aller droit au but : je veux rester ici.

– Quoi ?

Son sérieux m'a sidérée.

– De toute façon, a-t-elle repris, j'ai signé le pacte. Même si je rentre à Paris, tôt ou tard, je serai de retour ici ou, pire, ailleurs, damnée. Que m'importe de me venger de mon mari, de le reconquérir, de l'arracher à cette pauvre fille qui ne voit que ses millions. N'ai-je pas procédé de la même manière ? Mon mari s'est toujours bien comporté, il m'a assuré la vie confortable que je désirais. J'ignorais que nos désirs sont nos pires ennemis. Ils vont parfois à l'encontre de notre intérêt, de notre destin, si tant est que nous en ayons un. Si je me suis fourvoyée dans ma vie terrestre, je n'ai personne à blâmer, hormis moi-même. Je n'ai plus rien à faire là-bas. Plus rien de ce qui est matériel ne m'importe. Si je peux choisir ma damnation, je la veux ici, aux côtés de Pascal.

– Ton raisonnement se tient, ai-je fini par reconnaître.

Ébranlée par ces propos, j'ai gardé quelques instants le silence.

– J'imagine que tu y réfléchis depuis longtemps.

– Très longtemps. Et je suis sûre de moi.

Son calme m'a dissuadée de lui servir des arguments contraires. Choisir son éternité, n'est-ce pas la plus grande des sagesses ? De nous toutes, Isabella, qui disait s'être illusionnée toute sa vie, m'offrait le plus bel exemple de lucidité. Plutôt que de chercher à revenir en arrière, n'était-il pas temps de regarder vers l'avenir et d'organiser l'après ?

Dans la nuit, le désir d'Isabella m'est apparu complémentaire de celui d'Alexandra. Celle qui ne voulait plus partir, celle qui voulait embarquer son homme. Au petit matin, je suis allée trouver la première :

– Tu pourrais être la chance d'Alexandra ! lui ai-je dit.

– Qu'est-ce qu'Alexandra vient faire là-dedans ?

– Elle est enceinte, elle veut repartir avec Bastian.

C'est un vivant mais son âme est prisonnière. Ici, le diable compte ses âmes. Il ne le laissera pas partir. À moins que nous ne lui donnions une âme en échange.

– La mienne ?

– Exactement. Tu restes, Bastian part. Un partout. Ça se négocie.

– Je savais bien que tu nous observais comme des poissons dans un aquarium ! s'est amusée Isabella. Tout de même, le diable ! En personne ! Es-tu si sûre de ce que tu avances ? Tu l'as vu ? C'est Faust, n'est-ce pas ? Je m'en doutais un peu. Mais pourquoi pas ? Si l'enfer, c'est de remplacer Bastian sur cette île, de rester auprès de Pascal et de servir le docteur Faust, ce n'est pas si effrayant. Si, en plus, je peux rendre service, c'est on ne peut mieux. Merci, Sydney, tu as achevé de me convaincre.

Son sourire me disait que tout cela lui était léger. C'était plaisant et incompréhensible. Peut-être Margo l'avait-elle déjà fait basculer de l'autre côté, dans ce monde où rien ne pèse, ni le temps ni la peur. Je l'enviais presque. En la quittant pour me rendre à la table du petit déjeuner, je n'étais pas fière de moi. À jouer ainsi avec les âmes, n'étais-je pas en train de passer, moi aussi, du côté des ténèbres ?

Zoé sur la lande

En descendant vers le rivage, je savais que seule Zoyad pourrait m'aider à me dépêtrer de cette position de démiurge dans laquelle je m'étais engluée par mon inclination à me mêler de ce qui ne me regardait pas. J'aurais pu tenter de me convaincre de ma générosité naturelle, de ma capacité à écouter, à apporter l'aide qu'on me demandait et même celle qu'on ne me demandait pas. J'avais passé l'âge de me duper moi-même. Ainsi, Margo, à mon insu, m'avait contaminée. Ce qu'elle attendait de moi, je refusais encore de me le présenter de manière trop claire, je le sentais confusément tout en ne voulant pas l'admettre.

Zoyad, visage hilare, a levé le bras en m'apercevant. Elle était si heureuse de me voir que mon cœur s'est allégé. Elle avait préparé les herbes pour ma pipe.

– Tu as l'air bien soucieuse, mon petit.

– Il y a eu du grabuge au château. Ça pourrait être une réplique de film, mais c'est la seule phrase qui me vienne à l'esprit. Ces filles sont surexcitées. Deux d'entre elles se partagent le GI réceptionniste, une autre est enceinte et la quatrième ne veut plus quitter l'île pour demeurer avec son homme. Sans parler de celle qui s'est foutue en l'air parce qu'elle était incapable d'attendre. Heureusement qu'il reste Colette et la prof de français, à croire que l'amour des lettres protège de l'hystérie collective.

– C'est bientôt fini, mon petit. Tu t'en es bien sortie. Encore que le séjour ne soit pas terminé et qu'il ne soit pas exclu que tu tombes dans le dernier piège.

– Alors aidez-moi. Quelle forme prendra-t-il ?

– Ce n'est pas mon rôle de retirer les obstacles sur ta route.

– Ah, vous reconnaissez que vous avez donc un rôle !

– Je ne peux que tenter d'éclairer ton jugement.

– Ce fameux zoyadisme dont parlait le docteur Faust ?

– Méfie-toi de ta compassion pour Johanna Faust et ne te sous-estime pas. Ce sont les deux conseils qui pourront le mieux te servir dans les jours à venir.

– Vous avez toujours refusé de parler de Margo. Du diable, devrais-je dire. Pourquoi ne pas m'avoir mise en garde ? Ne pas l'avoir désignée ?

– Le diable n'est pas mon affaire. C'est la tienne. Car, en dernier recours, c'est toi et toi seule qui prendras la décision.

– Je me sens si accablée parfois.

– Je te l'ai dit, mon petit, tu as cent ans.

– Vous avez de la chance, vous, d'avoir cinq ans, ou six ou sept. J'ai vu Zoé en vous. Pourquoi n'est-elle jamais revenue ? C'est vrai que vous me manquiez lorsque c'était elle. Mais je reconnais que, pour vous, c'est une bénédiction, ce doit être tellement plus joyeux d'avoir en soi une petite fille.

– Mais elle n'est pas en moi, cette petite fille, a fait Zoyad en soufflant de la fumée.

– Où est-elle passée alors ? Pourquoi a-t-elle disparu ?

– Ne lui as-tu pas dit que tu l'avais abandonnée sur la lande ?

Cette question à laquelle je ne m'attendais pas a heurté mon cœur violemment. Bien sûr, ces yeux noirs, ces deux petites nattes, cette manière de sauter à la corde, de marcher sur les rochers roses, de s'égratigner aux ajoncs, de cueillir la bruyère, de prendre la main de l'adulte pour chercher le réconfort, cette sensibilité naïve… comment avais-je pu ne pas me reconnaître ? Zoé, bien sûr, je l'avais chassée, tuée, fracassée depuis plus de quarante ans en me complaisant dans le cynisme d'une adolescence désespérée, puis dans ce rôle d'écrivaine infatuée. Je l'avais fuie, elle s'était évaporée. Ma tristesse en devenait insondable.

– Mais alors, Zoyad, si cette petite fille c'est moi, qui êtes-vous, vous ?

– Tu le sais, a-t-elle répondu avec son habituel sourire espiègle. Tu m'as prise pour le diable, tu t'es méfiée de moi. Parce que tu ne voulais pas voir. N'est-ce pas, mon petit ? Tu le sais, n'est-ce pas, que je suis…

– Mon âme.

– Ton âme, a confirmé Zoyad, dans son nuage de fumée.

La tentation de Faust

J'ai senti mon cœur se soulever en constatant que Margo m'attendait assise sur un des deux transats posés sur ma terrasse isolée des regards. *Prise dans les griffes du diable*, ai-je pensé. Elle m'a souri en tapotant le transat libre à côté d'elle. Je n'avais d'autre choix que de m'asseoir.

– Cessons de nous tourner autour, parlons franchement, a-t-elle commencé.

– *Vous* me tournez autour, *vous* ne m'avez pas parlé franchement, ai-je objecté.

– Ne jouons pas sur les mots. Je vais donc vous exposer en toute franchise la situation.

Je me méfiais de cette formule toute politique. Annoncer la franchise est déjà une manière de dissimuler la vérité. La suite me prouverait que j'avais tort.

– Vous n'avez pas été recrutée par hasard.

– Je m'en doute, suis-je convenue, tout en notant le terme « recrutée » qui relevait davantage de la DRH que de l'offre commerciale.

– Les femmes qui ont été choisies pour suivre cette cure m'intéressent moins que vous, a poursuivi Margo sur un ton de flatterie qui me déplaisait.

– Vous les avez choisies pour que toutes fassent apparaître un aspect de moi, ai-je avancé afin de confirmer mes intuitions.

– Le résultat est sans doute celui que vous décrivez mais, ne vous y trompez pas, vous vous seriez trouvé des atomes crochus avec n'importe quelle femme de votre génération. Une vie de femme n'est pas si complexe qu'elle ne ressemble en rien à celle de sa voisine. Être mère, séduire des hommes ou des femmes, travailler, gagner sa vie, fuir son enfance, perdre ses parents, aimer la littérature, jouer aux cartes, avoir peur de l'âge, de perdre son énergie, sa force, sa mémoire, se retrouver seule avec sa colère, sa tristesse, sa frustration, tout cela est extrêmement banal et ne nécessitait aucune ruse particulière.

– Toutefois c'était mon âme que vous visiez.

– Pas seulement. Des âmes, j'en ai à foison, à ne savoir qu'en faire. Elles sont si faciles à moissonner. La vôtre ne présente aucun intérêt particulier.

– Alors, je ne comprends pas.

– J'ai besoin d'un nouveau Faust.

– Comment ?

Voilà une chose à laquelle je ne m'attendais pas.

– Vous avez bien entendu. Johanna fait un travail remarquable pour lequel je lui suis reconnaissante. Elle mérite le repos. Je suis prête à lui rendre son âme. En échange, elle me doit une remplaçante.

– Mais pourquoi moi ?

– Vous présentez toutes les caractéristiques qui étaient celles de Faust de son vivant. Le travail avant tout, la soif de comprendre, l'intérêt pour les sciences occultes, pour l'alchimie, la capacité à sonder les âmes, et le temps qui a passé sans que vous soyez parvenue à vous réaliser pleinement.

– Je vous arrête, ai-je protesté. Je ne suis pas mécontente de ma vie.

– Pas mécontente, certes. Mais votre vie n'a rien de très glorieux. Vous n'avez pas vraiment constitué de famille, vos romans, je l'avoue, me plaisent beaucoup mais le public les boude…

– C'est faux. Mon cercle de lecteurs est appréciable. J'aime les relations que nous entretenons, eux et moi. La communication numérique a rendu possibles des contacts simples et plaisants.

– Ne jouons pas sur les mots. Vous auriez pu connaître la gloire et la fortune.

– Cela m'aurait facilité la vie à l'époque où ma fille était enfant et où j'avais besoin de temps et d'argent. Aujourd'hui, voyez-vous, je m'en fiche. Un livre que l'on écrit est toujours un livre que l'on écrit. Qu'importe qu'il soit lu massivement. Vous ne m'aurez pas par frustration.

– Je sais cela. C'est aussi ce que pense Johanna. Elle

vous aime beaucoup. Beaucoup trop sans doute. Elle vous protège parce que vous lui renvoyez une image d'elle-même. Mais tout cela n'est pas de mon ressort. J'ai un business à faire tourner. Ce que je vous propose en clair, c'est de racheter l'âme de Johanna, et de prendre sa place.

– Sans passer par les belles années de jeunesse, de connaissances et de succès promises dans le contrat ? Qu'aurais-je à y gagner ?

– Vous étiez en train de me dire qu'elles ne vous intéressaient pas.

– A priori non, mais tant qu'à damner mon âme, j'aimerais autant en profiter.

– Soit, je vous les accorde. Vous n'ignorez pas que je peux vous alléger de vos années superflues en une seule séance. Dès demain, vous pourrez mesurer votre jeunesse retrouvée à celle de vos camarades. Vous suivrez leur chemin. Vous rentrerez chez vous, la vie vous décevra et, tôt ou tard, vous m'appartiendrez.

– La déception est donc inscrite.

– Elle est inévitable. Vous pensez toutes que connaître les pièges à l'avance va vous protéger de vos erreurs passées. Quelle illusion ! Toute vie est un peu vérolée. Nul ne peut jamais conformer la réalité à l'immensité de ses rêves. C'est pourquoi vous auriez intérêt à prendre dès aujourd'hui la place de Johanna. Cela ne vous pèserait pas, vous n'auriez aucun regret. Admettez-le, rien ne vous attend là-bas. Votre conjointe s'est consolée, votre fille va rester en Australie, votre mère n'est plus, votre éditeur ne sait plus quoi faire de vos livres. Rien ne vous manquera.

– Je comprends. Vu sous cet angle, mieux vaut que je ne revienne pas en arrière, que je ne connaisse pas un ou plusieurs grands bonheurs qu'il me serait difficile d'abandonner par la suite.

– Exactement, vous comprenez très bien. Quant à Johanna, elle est fatiguée, vous êtes son espoir de rédemption.

C'était tentant. Comme Isabella, je pouvais décider de mon éternité. Je me sentais prise au piège. Toutefois, mon âme m'appartenait encore. Il y avait tant de questions que j'aurais aimé poser à cette Méphisto : *Existe-t-il un au-delà et à quoi ressemble-t-il ? Si je me refuse au diable, aurai-je pour autant gagné un paradis ? Qu'adviendra-t-il de moi après ma mort ?* Elle détenait ces réponses auxquelles je n'aurais jamais accès. Là était ma véritable frustration. J'étais enfin à deux doigts de la connaissance à laquelle j'avais aspiré. Allais-je, par peur, renoncer à l'inconnu, rester sur Tirnamban au prétexte que cela mettrait fin au mystère de l'après ? Dans un dernier sursaut me sont revenus en force les deux conseils de Zoyad : ne pas me laisser aller à une trop grande compassion pour le docteur Faust, ne pas me sous-estimer. Le moment était venu de les mettre en pratique. J'ai respiré profondément avant de répliquer :

– Le panorama que vous dressez est peu reluisant.

Ma vie, je le reconnais, je n'ai pas su en prendre soin, l'aimer suffisamment, c'est mon tort. Pourtant, je crois pouvoir dire que telle qu'elle est, elle me plaît. Je ne suis plus très jeune, c'est vrai, mais au moins mon âge croissant s'accordera-t-il de mieux en mieux à mon âme. Je suis née vieille. Je saurai l'assumer. Ma fille est heureuse, c'est tout ce que j'ai toujours voulu pour elle. J'irai en Australie, autant qu'il le faut, voir mes petites-filles, visiter ma famille. La femme que j'aime, je saurai trouver les mots et les gestes pour me faire pardonner. Pourquoi ne me reviendrait-elle pas ? À nos âges, justement, nous connaissons la valeur de l'attachement. Le nôtre est sans limite. Quant au public, il n'est peut-être pas massivement au rendez-vous mais mon éditeur aime mes romans, il me le dit sans cesse. Et puis j'ai des lecteurs qui me suivent et m'écrivent. Par ailleurs, j'ai des amis formidables et je n'ai pas peur de la mort. J'ai fermement l'intention de rentrer chez moi et de reprendre le cours de ma vie où je l'ai laissé. Concernant votre amie Faust, je regrette qu'elle se soit mise dans cette inconfortable situation mais n'est-ce pas sa vanité insensée de jadis qu'elle paie aujourd'hui ? Ne vous y trompez pas, je serais une très mauvaise employée pour vous. Je n'aspire pas à jouer avec les âmes même si mon activité de romancière peut prêter à confusion. Les personnages de fiction me suffisent, je n'ai que faire des personnages réels. Chère Margo, la seule chose qui aurait pu me maintenir auprès de vous est l'amour que j'aurais pu vous porter. Mais, avouez-le, nous ne nous plaisons pas. Je crains qu'il ne vous faille chercher quelqu'un d'autre.

Les yeux de Margo étaient devenus noirs, féroces. J'aurais voulu pouvoir dire que je n'avais pas peur. En fait, j'étais terrorisée. À mon grand soulagement, elle s'est levée. Sans un dernier regard, elle m'a tourné le dos et s'en est allée. Zoyad avait raison : in fine, la décision me revenait.

L'amour des lettres

Hélène était la seule à disposer comme moi d'une terrasse soustraite aux regards, adjacente à sa chambre, comme la mienne, en bout d'aile. J'avais été si happée par la présence de Margo que j'avais négligé celle de la normalienne, qui lisait dans son transat. Ce n'est qu'après le départ de mon hôtesse maléfique que j'ai pris conscience de ce témoin. Hélène était à présent debout, appuyée contre l'angle du mur extérieur, comme figée par la scène à laquelle elle avait assisté. J'étais gênée. De m'être laissé surprendre à parler trop fort, d'avoir laissé se perdre des bribes de notre conversation. Une nervosité incontrôlable m'a saisie. Si Hélène avait compris la teneur du marchandage de Margo, elle savait désormais à qui nous avions affaire et ce que signifiait le contrat qu'elles avaient toutes signé. Je devais la convaincre de ne rien dire, d'épargner aux autres l'effroi, la tristesse, l'angoisse pour leur permettre de profiter de leur jeunesse retrouvée.

Hélène arborait désormais le visage brut de la post-adolescente saine élevée au grand air, la peau fraîche malgré quelques taches de rousseur, une bonne épaisseur de cheveux bruns tirant sur l'auburn, retombant en carré jusqu'au menton. Bien plantée, solide, une beauté naturelle. Contrairement à Thaïs ou Isabella, elle n'avait pas été une jeune fille mince et ne flottait pas dans ses vêtements. Ses mains larges aux ongles courts se seraient mieux accommodées d'activités manuelles que des études de lettres auxquelles ses ascendances familiales l'avaient vouée. À la voir ainsi, débarrassée de ses années de dissimulation, je pouvais me rendre compte qu'elle s'était fourvoyée en se mariant. Elle n'était pas seulement passée à côté de la création littéraire mais à côté de tout ce qui avait constitué sa personnalité première. L'amertume de son visage s'était envolée et avec elle cet air de supériorité qui m'avait d'emblée intimidée.

– Je suis désolée, ai-je dit.

– Non, c'est moi, je n'aurais pas dû écouter.

Elle paraissait plus songeuse que contrite. Après avoir franchi les quelques mètres séparant sa terrasse de la mienne, elle s'est approchée de moi pour me chuchoter :

– Je ne dirai rien, évidemment. Il nous reste moins de trois semaines. Ce n'est pas la peine d'affoler tout le monde.

– Je te remercie. La plupart des filles ont mis tellement d'espoir dans ce nouveau départ, inutile de leur gâcher leur plaisir.

– Tu le savais dès le début ? m'a demandé Hélène. C'est pour ça que tu as refusé de signer ?

– Je n'en savais pas plus que vous. Les soupçons me sont venus au fur et à mesure.

– Je comprends à présent pourquoi tu m'as posé toutes ces questions sur Faust, sur Ys. Nous sommes sur Ys ici ?

– Probablement. Margo n'est pas seulement un diminutif de Marguerite. Je ne serais pas surprise qu'elle porte aussi le prénom de Marie-Morgane, celle qui a provoqué l'engloutissement de l'île.

– Le docteur Faust est sa prisonnière ?

– En quelque sorte. Elle paie de son âme le pacte qui lui a offert la jeunesse, la connaissance et les plaisirs.

– J'ai vendu mon âme, moi aussi, a dit Hélène, songeuse.

– Je m'en doute. Vous l'avez toutes fait.

– Le marché n'était pas clair.

– Sinon vous n'auriez pas signé.

– C'est surtout que nous n'avons pas voulu voir. C'était une telle opportunité, une telle aventure. Nous ne voulions pas en connaître le prix.

– Pour certaines, c'est une belle aventure. Isabella veut rester ici, auprès de Pascal. Si Margo accepte le marché, elle pourrait prendre la place de Bastian qui voudrait retrouver le monde des vivants avec Alexandra et son bébé. C'est une âme pour une autre.

– C'est ici, l'enfer, tu crois ?

– Non, j'aurais tendance à penser qu'il s'agit plutôt d'une sorte de purgatoire. Démétra, Hermione, Dorian, Faust, les gémeaux finiront par partir. Pour aller où, je ne sais pas. Et ce qu'est l'enfer véritable, je ne sais pas non plus. Il me semble que la plupart des âmes damnées reviennent sur terre.

– Ça ne m'étonne pas. Si l'enfer est quelque part, c'est bien sur terre ! s'est exclamée Hélène.

– Sartre.

– Non, l'enfer ce n'est pas les autres, l'enfer c'est une vie ratée.

– Qui peut se vanter d'avoir eu exactement la vie qu'il avait envisagée dans sa jeunesse ? ai-je fait remarquer. Personne. C'est comme écrire un roman, tu pars avec une idée, et lorsque tu arrives à la fin, tu te rends compte que le truc ne ressemble à rien de ce que tu avais prévu au départ.

– C'est donc ça le problème avec le roman, la déception de soi ? Et ça ne te décourage pas ?

– Non, je m'y suis habituée. Et puis, ça n'a pas d'importance, puisque personne ne sait ce que tu avais en tête au départ.

– C'est sans doute pour ça que je n'y arrive pas. Je voudrais que rien ne m'échappe.

– C'est impossible.

Hélène a souri bizarrement et s'est retirée dans sa chambre.

Dernier combat contre Faust

– Bien joué, m'a lancé Zoyad en me voyant approcher.

Clin d'œil, pouce levé, derrière son nuage de fumée. Formidable. J'avais la bénédiction de mon âme. Je l'avais arrachée à la convoitise du diable. D'ici trois semaines, nous reprendrions le cours de notre vie. Je me suis assise à ses côtés. Elle a posé la main sur mon genou :

– On s'est bien amusées, non ?

J'ai considéré ce visage parcheminé et hilare. « Amusées » ? Ce n'était pas un terme courant chez moi, mais je sentais bien qu'il était appelé à le devenir.

– Ha ha ha, on les a bien eues !

Zoyad riait comme une gamine. J'étais sidérée de posséder une âme aussi légère et insouciante alors que j'avais passé la quasi-totalité de mon existence dans la gravité. Se tenant les côtes, Zoyad n'arrêtait plus de rire. Et moi de m'inquiéter qu'elle ne s'étouffe.

– Reprends ta respiration, lui répétais-je.

Ça ne faisait que redoubler son hilarité et chatouiller la mienne. En quelques secondes, j'étais moi aussi secouée de rire. Nous commencions à être de bonne compagnie l'une pour l'autre. Lorsque je l'ai quittée, j'ai aperçu au loin Zoé, tournée vers nous, sa corde à sauter dans une main. J'ai levé la mienne pour la saluer. Elle a répondu de même.

Je suis remontée vers le manoir d'une humeur légère. C'était sans compter avec le ressentiment de Johanna Faust. Elle sortait de son bureau et m'a attrapé le bras pour m'entraîner dans le jardin.

– C'est moi qui t'avais choisie, m'a-t-elle dit.

– Je suis désolée de n'avoir pas été à la hauteur de vos espérances.

Je tentais surtout de masquer ma soudaine excellente humeur.

– Il te manquait une pulsion essentielle pour devenir tout à fait moi, a admis Faust, pensive.

– Laquelle ?

– Tu étais insuffisamment accrochée à la vie. Moi, à ton âge, je voulais plus que tout demeurer dans le monde des vivants, pour continuer mon œuvre, pour sentir mon cœur palpiter, pour savoir ce que c'était que posséder un corps. Et pour cela, j'avais besoin de la jeunesse. C'était plus fort que moi. Toi, tout cela t'est devenu indifférent. Je t'ai trouvée trop tard, tu étais déjà trop vieille, a-t-elle conclu, accablée.

– J'étais trop jeune, au contraire. Regardez, Johanna, je peux vivre encore, rire, m'amuser. La beauté n'est pas essentielle. La réussite non plus. Savez-vous ce que je vais faire de mes dernières années ?

– Je crains le pire.

– Une fête. Une immense fête. Une fête permanente !

Je me sentais un peu saoule, excitée, peut-être Zoyad avait-elle changé la composition de son herbe.

– Mais la jeunesse fait tout, a insisté Faust. Regarde ton monde. Tu n'es plus rien. Tu n'auras jamais les honneurs de la télévision, tu ne deviendras jamais virale sur les réseaux sociaux, tu ne connaîtras pas la paix qui vient avec la reconnaissance. Ta fête sera ratée.

– La fête est un projet comme un autre. Il vaut la peine d'être tenté.

Elle a compris qu'elle ne m'aurait plus par la tentation.

– Tu m'as abandonnée, a-t-elle gémi.

– Abandonnée ? Mais je vous connaissais à peine…

– Il te manquait la capacité d'aimer.

– Il me manquait l'orgueil.

– Tu m'as déçue.

Je l'ai regardée droit dans les yeux :

– Vraiment ? Ne suis-je pas au contraire votre réparation ? Celle qui a appris de vos erreurs et s'apprête à en interrompre la répétition ? Considérez-moi, Johanna, comme votre plus belle réalisation, au contraire !

Elle a souri. J'avais gagné.

– Je crois que vous pourriez trouver une autre solution, ai-je avancé.

– Ah oui ?

– Hélène. Elle serait facile à convaincre. Et parfaite dans le rôle, cultivée, autoritaire, organisée.

– Elle n'a rien créé, a objecté Faust.

– C'est mieux ainsi. Nul besoin d'être créatif pour moissonner les âmes.

– Je ne suis pas d'accord. Il faut savoir distribuer les rôles. Il faut être capable de vision. Tu vois, moi, je t'offrais la possibilité d'inventer un monde à ta mesure.

– Cessez, Johanna, je vous prie. Vous n'y croyez presque plus. Tournez-vous vers Hélène, elle sera une excellente docteur Faust. Abandonnez-moi à ma paisible vie.

– Zoyad aura vraiment fait des miracles. Reconnais que, de ton existence entière, tu n'as jamais été aussi joyeuse.

– Je le reconnais.

– Sais-tu que Zoyad était mon idée ? Mon cadeau pour toi. J'étais certaine que, sans elle, tu céderais. Je l'ai négociée âprement auprès de Margo. La vérité, vois-tu, c'est que je n'aurais jamais permis que tu te constitues prisonnière à ma place. Je regrette seulement de n'avoir pas obtenu ta compassion. Sans même oser parler de ton affection, de ton amour peut-être.

– L'amour appartient aux vivants, ai-je objecté.

– C'est tellement dommage, a-t-elle répondu en s'éloignant.

Le baiser du diable

Je ne m'étais pas trompée au sujet d'Hélène. Cette crainte qu'elle m'avait inspirée dès le premier soir, cette propension à tout régenter, son tempérament de cheftaine, tout cela allait trouver à s'exprimer. Je ne pouvais lui suggérer l'échange tant espéré par le docteur Faust. Il lui fallait le décider par elle-même. Ce moment semblait ne pas vouloir arriver. Enfin, à une semaine de notre départ, elle m'a prise à part :

– J'ai réfléchi.

– Oui ?

Elle a hésité :

– Je n'en suis pas très fière mais lorsque tu as dit à Margo que la fiction te suffisait, que tu n'avais pas envie de travailler sur des personnages réels…

– Oui ?

– J'ai pensé que moi, au contraire, c'était ce dont j'avais envie. Les personnages fictifs ne m'intéressent pas, finalement. Je ne parviens pas à croire à ce que j'écris. Manipuler de véritables vies, ça c'est excitant !

Ses yeux noisette étaient devenus presque verts. J'ai cru y reconnaître le regard de Faust.

– Vraiment, tu te verrais vivre sur cette île ?

– Peut-être.

– Tu prendrais la place de Faust ?

– Pourquoi pas ?

– Sans rien demander en échange ?

– J'ai entendu l'argument de Margo. Si je reste, je n'ai rien à regretter de ce que j'ai laissé. Si je vis les années de bonus et que j'y prends plaisir, j'aurai le regret de les quitter. Mais je peux négocier. Demander le rachat d'une âme en échange de mon dévouement.

– Laquelle ?

– Celle de Katell. Si Margo accepte de faire revenir Katell sur Tirnamban, je reste. Au fond, je crois que ça me plairait d'interpréter le deuxième Faust.

– L'amour des lettres peut conduire à des folies, décidément. Eh bien, bon courage ! Je peux imaginer la fureur de Katell lorsqu'elle comprendra qu'elle est bloquée ici pour plusieurs siècles. Tu aimes la difficulté, manifestement. Mes vœux t'accompagnent, Johanna sera soulagée. Je te regarde, j'ai encore du mal à y croire… docteur Faust.

Je n'étais pas sûre que les transactions d'âmes s'opèrent avec autant de légèreté, comme s'il s'agissait de pions interchangeables. Mais avec le diable, tout est négociable.

J'ai su plus tard, une fois Hélène définitivement engagée, que Margo avait poussé la perversité jusqu'à lui signifier l'inutilité de son sacrifice. Le contrat de Faust aurait pris fin de toute façon au terme des cinq siècles prévus, qu'elle ait trouvé ou non une remplaçante. Margo avait été trop heureuse d'accepter le deal qui lui permettait de perpétuer son business. Il n'était pas trop tard pour récupérer la malheureuse Katell qui fulminait sur son radeau de fortune, son âme n'ayant pas encore été remise sur le marché. Après tout, la rude Bretonne était travailleuse, débrouillarde, bricoleuse, elle remplacerait avantageusement le ténébreux Bastian. Elle râlerait, c'était certain. Elle engueulerait copieusement les futures pensionnaires chaque fois qu'elles oseraient la solliciter pour une intervention mais, au moins, ça mettrait de l'animation dans la clinique. Margo s'était lassée de la personnalité hiératique de Johanna Faust. Elle appartenait à une autre époque, celle de la politesse et de la bienséance, de la galanterie et de la séduction élégante. Avec Hélène et Katell, Tirnamban entrerait dans l'ère de la modernité, ce petit côté syndicaliste n'était pas pour lui déplaire. Du reste, à la réflexion, la personnalité d'Hélène, sans compter son nouvel aspect physique, frais et robuste, légèrement masculin, commençait à la séduire sacrément.

Marché conclu. Margo a attiré Hélène auprès d'elle, a plongé son regard dans le sien avec un sourire narquois et l'a embrassée. À l'instant même où le feu consumait ses lèvres, Hélène a su qu'elle n'appartenait plus au monde des vivants.

L'amour, la délivrance

J'avais suggéré à Hélène que nous laissions dans l'ombre ce marchandage car celles de nos compagnes qui allaient retourner vers la lumière ne méritaient pas de se torturer le reste de leur existence avec cette affreuse affaire de damnation. Après tout, Thaïs avait seulement voulu s'offrir la possibilité de quelques rôles au cinéma. Devait-elle pour cela se morfondre toutes ces années à venir ? Mieux valait la laisser profiter de ses succès. Et Laure était suffisamment triste de devoir s'arracher aux bras de Dorian pour que nous n'ajoutions rien à son accablement. De retour sur terre, elle rencontrerait un autre jeune homme et jouirait de son corps désormais sans entraves. Quant à Alexandra, elle avait accueilli la libération de Bastian, la perspective de fonder avec lui une famille, avec tant de bonheur que nous n'avions pas le cœur à lui révéler le passé de cet homme, et encore moins son avenir à elle. Colette, qui était devenue leader en matière d'activités physiques, anticipait déjà celles qu'elle pourrait faire avec ses petits-enfants.

Était-il besoin de lui rappeler qu'elle ne serait plus jamais prise au sérieux, ferait figure de baby-sitter à leur côté, si tant est que ses propres enfants acceptent de la reconnaître ? Et tout cela pour finir aux enfers ? C'était fort regrettable, mais quoi, le mal était fait, nous n'y pouvions plus rien.

Seule Isabella avait décidé de son destin en connaissance de cause. Son choix était récompensé par la perspective de continuer à bénéficier de la compagnie d'Hélène et Katell. De surcroît, Margo l'avait autorisée à libérer une âme supplémentaire. À Paris, Isabella avait tant supervisé les dîners de son mari qu'elle se voyait assez bien en cuisinière. Il ne lui avait pas été facile de négocier deux départs en échange de son abnégation, mais Margo était disposée à renouveler son équipe, elle lui avait octroyé cette faveur en cadeau de bienvenue. Depuis qu'Hermione avait appris qu'elle serait prochainement détachée de cet insupportable amour maternel, elle resplendissait. Démétra paraissait plus inquiète mais elle aussi avait besoin de prendre le large. À la longue, elle apprécierait sa légèreté retrouvée.

Toutefois, la plus exceptionnelle, la plus attendue des délivrances serait celle du docteur Faust, après cinq siècles de servitude.

L'adieu au diable

– Vous me regretterez, Marguerite. J'ai été votre âme damnée pendant si longtemps.

– Je crains de n'être pas sentimentale. J'aime beaucoup cette nouvelle recrue, finalement. Votre protégée n'a pas tenu les promesses que vous espériez.

– Au contraire, elle m'a fait honneur. J'aurais été déçue de la voir tomber dans votre escarcelle.

– Elle était trop inconsistante.

– Elle était protégée par son monde de fiction. Hors de lui, elle avait trop peu d'attaches. C'était le fond du problème, si je peux me permettre d'en tirer une leçon pour vos recrutements futurs.

– Je n'ai pas de leçon à recevoir. Je reconnais que vous m'avez correctement servie. Je vous en sais gré et vous souhaite une bonne continuation.

– J'ai l'impression d'assister soit à la remise de ma médaille du travail, soit à mon licenciement.

– Ce que vous êtes devenue terre à terre ! À l'époque où je vous ai connue, vous vous intéressiez aux étoiles,

au symbolisme égyptien, à la nécromancie, à la démonologie. Cette terminologie d'entreprise ne vous va pas du tout.

– À vous, elle va très bien. Je suis sûre que ma remplaçante va rationaliser le business. Sydney aurait été un peu trop fantaisiste pour remplir cette fonction correctement, mais au moins vous aurait-elle amusée.

– Je ne vous reconnais pas, Johanna. Vous savez aussi bien que moi que ce « business », comme vous l'appelez, n'a rien d'un amusement. Nous sommes encore loin d'avoir assujetti l'humanité.

– Ce n'est plus mon problème, a fait Faust avec désinvolture. C'est incroyable comme, depuis que vous avez lâché mon âme, je me sens légère. La tête m'en tourne. Vous permettez que je m'allonge ?

– Je vous en prie. J'avais espéré des adieux plus conventionnels, plus émouvants, nous avons été si liées. Je vois ce que peut être l'inconséquence d'une âme dès lors que je cesse de m'en occuper. J'aurais vraiment fait tout le boulot sur cette planète !

Le docteur Faust s'était allongée sur la banquette. Elle avait fermé les yeux, un sourire flottait sur ses lèvres. Margo s'est avancée, a pris sa main, l'a baisée puis l'a lâchée. Elle a effleuré les paupières qui ne s'ouvriraient plus. Et s'est repliée sur elle-même, pour un bref instant de recueillement.

La nuit de Samain

Puis est arrivé le soir du départ. En file indienne, nous descendions vers la grève, tirant nos valises. Leur contenu varié ne nous avait guère servi, les jours s'étant écoulés sous un climat presque constant. Nous n'éprouvions pas l'appréhension de nos débuts, nous savions que Pascal nous conduirait à bon port. Notre cœur était lourd pourtant car nous abandonnions sur l'île trois de nos camarades. La veille, nous avions eu la joie de voir revenir Katell dont la barque avait été rejetée sur le rivage. Elle en avait jailli pleine de l'espoir d'avoir atteint les côtes bretonnes en criant : « Il y a quelqu'un ? » Sa mine s'était décomposée en nous voyant apparaître, Isabella, Hélène et moi. « Ah non ! » avait-elle hurlé avant de s'effondrer à genoux sur la plage. Je pouvais comprendre son désarroi et n'étais pas loin de le partager. À quelque cinquante mètres de là, sur le ponton de bois, j'avais aperçu Zoyad, secouée de rire, et je devais reconnaître que la situation, pour être tragique, n'en était pas moins comique. Au moins Katell n'était-elle pas perdue pour toujours. D'après Démétra, les siècles passent vite lorsqu'on oublie l'existence du temps.

Nous avions recueilli notre naufragée avec chaleur. Elle s'était vite rassérénée en apprenant que nous avions pris notre dernier dîner le soir même. Hélas, nous devions également lui annoncer qu'elle ne serait pas du départ le lendemain. J'avais laissé Hélène gérer la situation. Après tout, c'était son job à présent.

Je n'avais pas revu le docteur Faust depuis un ou deux jours. Les filles s'étaient attendues à ce qu'elle vienne partager notre repas, au moins celui-là, le dernier, comme quoi nous ne pouvions nous départir tout à fait de notre imagerie christique. Le lendemain, elles se sont montrées fâchées que leur thérapeute ne se soit même pas donné la peine de les saluer avant leur départ.

– Elle est partie voici deux jours déjà, m'a glissé Hélène. J'emménage dès demain dans ses appartements. Je vais beaucoup me plaire ici.

Le midi précédant notre embarquement, nos bagages, déjà prêts, avaient été rassemblés dans le hall par Dorian, manifestement excédé par les sanglots de Laure pendue à son cou. Lorsque nous sommes passées à table, toujours fidèles à la disposition initiale de nos places, j'ai observé chacune. La publicité n'avait pas été mensongère : elles avaient retrouvé leurs vingt ans. Le visage d'Isabella était si doux et si pur que personne n'aurait pu reconnaître la femme défigurée qui s'était présentée le premier soir. Thaïs promenait une langue gourmande sur ses lèvres en effectuant de grands gestes pour chasser la sublime chevelure qui lui tombait sur les yeux. Hélène était magnifiée par sa soudaine importance, même si elle avait renoncé à s'en faire valoir auprès de nos camarades. Colette était devenue une jolie brunette ronde et joyeuse qui ne cessait de babiller, ses enfants par-ci, ses petits-enfants par-là. Alexandra était majestueuse avec sa taille alourdie par la grossesse, son sourire radieux, ses yeux brillants. Laure avait perdu de son maintien, la jeunesse l'avait renvoyée à une certaine banalité.

Seule Katell avait conservé sa tête de pitbull, sans rides certes, mais sans attrait. Nous l'avions suppliée de ne pas affoler celles de nous qui ignoraient leur condition. Elle se retenait de hurler sa fureur. Toutefois, après que Démétra et Hermione, venues nous dire adieu, ont disparu, j'ai senti un souffle froid passer dans la salle à manger. Thaïs a frissonné, Laure a dit :

– L'automne arrive enfin.

Leurs âmes nous avaient quittées. D'un coup, Katell s'est apaisée. Son front s'est déridé, sa bouche détendue. Elle nous a considérées d'un œil bonhomme :

– Voyagez bien, les filles. C'était un plaisir de vous connaître. Bon, je vais devoir apprendre à Dorian et Margo à jouer au tarot. Ce n'est pas sorcier, ils devraient s'en sortir. Vous nous enverrez des cartes postales ?

Nous sommes restées muettes devant ce revirement. Hélène, Isabella et moi savions qu'elle venait de rejoindre le contingent des âmes en suspension. Thaïs m'avouerait plus tard n'avoir rien compris au problème de Katell.

Lors de mon dernier échange avec Hélène, elle m'a soufflé à l'oreille :

– Mes parents m'ont donné Faustine comme deuxième prénom. N'est-il pas incroyable d'avoir été ainsi prédestinée ?

En descendant vers notre embarcation, j'ai éprouvé ce serrement de cœur caractéristique des départs définitifs. J'ai eu une pensée pour le docteur Faust, où était-elle à présent ? Sur le rivage, la maison de Zoyad avait disparu. J'ai senti un souffle de panique me traverser. Je m'étais tellement habituée à sa compagnie. J'allais attraper la main de Pascal pour monter dans la barque lorsque j'ai entendu crier mon nom. C'était Zoyad qui trottinait vers nous.

– Tu ne crois tout de même pas que tu allais me laisser ici, ingrate !

J'étais soulagée. Aucune des filles ne lui prêtait la moindre attention. Plus rien ne m'étonnait. Que je sois seule à voir mon âme me paraissait dans la logique des choses. J'ai pris place sur un banc à côté de Thaïs, Zoyad serrée contre moi et ma valise entre mes jambes. À l'arrière, Isabella, qui avait tenu à nous accompagner, s'était installée près de Pascal qui avait détaché l'embarcation et mis le moteur en marche. Tandis que nous nous éloignions de Tirnamban, nos cœurs n'étaient pas moins lourds qu'à l'aller. Outre nos camarades Hélène et Katell, toutes abandonnaient une part d'elles-mêmes sur cette île, leur fatigue, leurs désillusions, leurs peurs. Même si ce n'était pas le meilleur aspect de leur personnalité, tout cela les avait accompagnées durant de longues années. Il leur faudrait un peu de temps avant d'être capables de renouer avec l'espoir, l'énergie, la page vierge dont le texte est encore à venir. Elles traverseraient de nouveau les angoisses de l'inaccomplissement, taraudées par cette question lancinante qui hante la jeunesse : *Serai-je à la hauteur de mes espérances ?*

Zoyad avait sorti sa pipe et s'apprêtait à la remplir sur ses genoux.

– Pas ici, lui ai-je soufflé.

– Détends-toi, m'a-t-elle répondu, tu vois bien qu'on vogue vers la vie.

Je ne comprenais pas comment j'avais pu traîner mon existence plus de cinquante ans avec un si grand sérieux, une si grande pesanteur, un tempérament aussi mélancolique, alors que le hasard m'avait affublée d'une âme aussi libre et légère. Zoyad n'avait que faire de mes craintes. Notre équipée l'amusait, elle n'allait pas bouder son plaisir. J'ai enfin saisi ce qu'avait voulu me signifier le docteur Faust par son « Tu étais trop vieille ». C'était si juste. J'avais atteint cet âge où tous les défis sont derrière soi, les attentes des parents, l'avenir des enfants, le travail, la création. Même l'amour ne portait plus les enjeux passés, construire, se reproduire, durer. Pourquoi se soucier ? De quoi se soucier ?

Au loin, Tirnamban avait disparu, nous entrions dans une nappe de brouillard, le vrai monde sans doute, la réalité d'un soir de 31 octobre, au large de la Bretagne. La nuit de Samain. Halloween.

Les visages des filles étaient tendus vers la terre, lisses, frais et inquiets. Qui les accueillerait, qui les reconnaîtrait, sauraient-elles se réinventer ?

Zoyad m'a tendu sa pipe. J'ai tiré une bouffée.

– Il a une drôle d'odeur, ton tabac, a remarqué Thaïs.

– J'ai pris ce que j'ai trouvé sur l'île. Tiens, regarde, on arrive.

En descendant du bateau, j'ai constaté que Zoyad avait disparu, même pour moi. Ne me restait d'elle que cette pipe bien réelle dans la main, et la certitude d'un bonheur encore possible. Isabella et Pascal nous ont serrées chacune dans leurs bras. Sur le port, les lanternes étaient allumées. Tout à l'heure, dans les rues, quelques enfants déguisés en diables, en sorcières, en monstres nous demanderaient des bonbons.

DE LA MÊME AUTEURE

Aux Éditions Albin Michel

SOLEDAD, 2000.

UNE TRAVIATA, 2001.

NON, MA MÈRE N'EST PAS UN PROBLÈME, 2002.

LA CONSTANTE DE HUBBLE, 2003.

TU N'ES PAS SEUL(E) À ÊTRE SEUL(E), 2005.

CET EFFRAYANT BESOIN DE FAMILLE, 2006.

LE PRIVILÈGE DES RÊVEURS, 2007.

CENT ROMANS DE PREMIÈRE URGENCE POUR (PRESQUE) TOUT SOIGNER, 2008.

DANS LA TÊTE DE SHÉHÉRAZADE, 2008.

L'ŒIL DU CYCLONE, 2009.

QUE TOUS NOUS VEUILLE ABSOUDRE, 2010.

LA MÉMOIRE DU MONDE, 3 tomes, 2013-2014, prix Renaudot Poche 2016.

DIEU EST AVEC VOUS... (SOUS CERTAINES CONDITIONS), première édition Bayard, 2007, coll. « Espaces libres », 2015.

NEWLAND, 2016.

FALLEN ANGEL, 2017.

LE RÉVEIL DES SORCIÈRES, 2020.

Aux Éditions Zulma

LES MATRIOCHKAS, 1996.

DES PROFONDEURS..., 1997.

SALAM, 1999.

ULYSSE, 2000.

Composition : IGS-CP
Impression : CPI Bussière en août 2021
Éditions Albin Michel
22, rue Huyghens, 75014 Paris
www.albin-michel.fr

ISBN : 978-2-226-46527-6
N° d'édition : 24593/01 – N° d'impression : 2057179
Dépôt légal : août 2021
Imprimé en France